草木有情且美

一个人的草木诗经

子梵梅 著

南海出版公司

第三章 苔深不扫

唐诗里的植物

第四章 变相的园林

其他植物

目录

序
一个人的草木诗经

草木无言，静静生长。人在其畔，依赖其恒久沉默的启示，深入草木内部与它相濡以沫，直至长住其间而浑然未知，这是我的心愿。

我相信植物之身皆附灵性。每一次进山，或去一次田野森林，我都是一身草叶之汁湿淋淋地回来，那种与花草交融的神秘与惬意，无人能解。越过硕大的花朵和修长的花茎，埋首于草根地气，深得植物的呼吸，这种生活我已秘而不宣二十年。

《诗经》三百零五篇中，有一百四十四篇涉及植物，这是一个令人吃惊的数字和现象。草木之于先民，草木之于今人，在我看来，诗歌最能够承载它的天然秉性，唯有诗歌最能释木。每一种草木的根部，都活着人性的善恶美丑,因此才有《楚辞》以香草喻君子、以恶木比小人的借喻。

在我个人的阅读视野里，以文学样式出版的与植物相关的书籍只见散文配图集，或根据植物摄影作品进行诗意阐释，尚未见到用现代诗歌诠释草木的文本。因此，这是以《诗经》《楚辞》及唐诗里出现的植物作为主要依托对象进行的一次个人文本探索实验。这百种植物我并没有都识见过，但都是我有话想说的。从最初写三五种以自娱，到如今一百一十种，有如一个穷人，怀里无意间多出来金元宝，连自己都不能相信——这园子，它是怎样葱茏茂密起来的？

简单依照植物的形态或花草摄影的“艺术形象”进行诗配画的流俗做法，当然不是本书的成因，因为那样的方式前人已经做得很多了。我希望带给大家的不是通常意义上的植物学解说，而是带给阅读者，尤其是那些对大自然充满感激和敬畏之心的阅读者一次不同视角和视野的探测和发现。

本书力图从更加隐秘甚至荒诞的角度，去挖掘和彰显草木的性情。此书不钟情于书写花前月下柳浪莺语，不热衷于科学普及，而是从人的草根性和草木的内在精神出发，去抵达草木与人的共通之处。

由于本人非专业园艺人士，里中难免有不少我所未能知晓的错误。好在此书以诗为重，至于因植物学知识不足而造成的遗憾，则希望读者包涵了。

熊晋仁有一段话暗合我的心思：树草天然，任凭雷电。荣枯生死，欢喜随缘。欢喜不住，哀怨舒坦。从此休去，人兽神安。

以此作结，并在此以草木谦卑而庄重之心，致谢给我无私帮助的诸君。感谢为这本书提供部分图片或为它能够尽善尽美出版而付出努力的朋友，还有给我写作《草木有情且美》以激赏的很多读者，是你们给我动力生成此书。在此特别要提到友人吴瑾，是她帮助我实现多年的夙愿，我心领神会并铭记她的恳切相援之情。所有的一切，缘于植物有心引领我们的知遇。

谢谢你啊，来这个园子里散步。

第一章

山有嘉卉

《诗经》里的植物

距离让我爱上叶脉里的命运
穿越两千五百年的遥望
走在释义的迷途
我只是遇见
在离造物主最近的地方
把它横截过来
种在我的园子里

本草拾遗

蒹葭，即芦苇，禾本科。《本草纲目》云：初生为“葭”，开花前为“芦”，花后为“苇”。芦苇与芦花有别，生于水畔为芦苇，其叶柔韧，可编苇席；长于山坡为芦花，其花芒絮状飘忽，可扎笤帚。

《诗经》让“蒹葭”成为美雅之词。女子若被喻为蒹葭，其体态摇曳生姿，其性情上善若水。同一植物，“芦苇”之称谓则适宜男子，清骨傲岸。帕斯卡尔的名句“一根可以思想的芦苇”，感官上觉得，说的就是男子，多情之外擅思想。

名可全其物，“蒹葭”可谓完美之命名，美好静姝，清雅合宜。其字体更是美艳而诗意，上下结构，妖娆却不失端庄，乃汉字之典范。

蒹 jiān 葭 jiā

蒹葭苍苍，白露为霜。
所谓伊人，在水一方。
——《诗经·秦风·蒹葭》

火烈鸟的红舌头披肩
晚霞倒映，海洋恬静
白霜的重量使它微倾
它眼花，疲态毕现
风骨朝向阴影
一转眼，隐身于苍茫的经卷

本草拾遗

檀，为木质紧密坚硬、香气芬芳的檀木总称。有青檀、白檀、绿檀、紫檀、黑檀、红檀、黄檀等，其名多为俗称，科属各不相同，甚为难辨。在《毛诗序》中，《诗经》里的“檀”被指为榆科的青檀，如此看来，上古砍檀成堆置之河边，那不算奢侈，因为那是榆树。由此有些遗憾，有什么比把檀香放进《诗经》更适得其所呢？

印度梵语中“檀”有“布施”之意，这也是佛家对檀香推崇备至的原因，以至佛寺也常被尊称为“檀林”“旃檀之林”。佛教典籍习称檀香为“旃檀”，意“与乐”“给人愉悦”。中国神话里，檀木则被称作青龙木，可镇鬼神。

“檀香原木”特指白檀，以蒸馏方式萃取其木心香气，气味细致，余香缭绕。

檀香是林中贵族，以印度檀为上品，其质地坚韧，色泽沉稳，气质内敛华贵。天然檀香树早在明清时已被砍伐殆尽，仅存的天然檀香木只在印度、斐济和澳大利亚可见。

忽忆莫言《檀香刑》，以檀香清艳之姿，承受严酷的刑罚，再没有比这书名更叫人想当风流罪人的了。

檀
tán

坎坎伐檀兮，寘之河之干兮。河水清且涟猗。
——《诗经·魏风·伐檀》

它哭泣，为那个正在睡去的孩子
一路铺下空锦盒，单人床
梦里的刑具，木枷里的趔趄

凌晨的露水里，棺椁取得田野的信任
终于可以抬出来了
绕了很远的路
把肩膀放得一低再低
直至适宜于一只鸟在它上面盘旋
直至累垮了，歇息了

本草拾遗

荇菜，龙胆科。“荇”可作“杏”字，也可作“莕”，又名莕菜、金莲儿、野睡莲。《毛诗传》曾有“后妃采荇，诸侯夫人采蘩，大夫妻采萍藻”的记载，荇当最为高洁，蘩则次之，萍藻粗贱，与百姓身份相符。花草贵贱，于古时是和人的身份地位相等系的。其实在江南水乡，白花黄花的小睡美人儿，于名潭胜湖或野塘一角，美肩挨着美肩，自足一小片，卧的浅浅，睡的轻轻。诸事于之无可无不可，不强求，不索取，自生趣。

荇菜从几千年前的《诗经》开篇一直活到现在，幽幽地飘浮在文学里。那双采摘荇菜的青葱玉手，把青嫩的荇菜芽尖细细掐下，款款落下盆箩，更是活在《诗经》的温软巧盼里。恍然还听见徐志摩在康桥边的吟哦：“那软泥上的青荇 / 油油的在水底招摇……”好一句“油油的在水底招摇”，荇菜的情状活灵活现。

荇菜是一种爱干净的植物，看一片水域有没有遭受污染，就看荇菜能不能生长。荇菜想做到择水而居，今天能有留住它的清净地吗？

参差荇菜，左右流之。窈窕淑女，寤寐求之。
——《诗经·周南·关雎》

我梦见的余生太长，被无限地推移，没有尽头

这不是嗜好，是伤逝
它在无波的水面画下的，那一堆拥挤的圆
静止着一大片钱币状的不快

抚慰太低了，够不着
够不着，那薄酥饼状的抚慰

本草拾遗

薇，即小豌豆，野豌豆，豆科。有作食用菜蔬，有作观赏植物，有作牧草或者绿肥。

一说“薇”是尚未开花的豌豆苗，《史记·伯夷列传》载：“武王已平殷乱，天下宗周，而伯夷、叔齐耻之，义不食周粟，隐于首阳山，采薇而食之。”这“薇”应是豌豆苗了。

薇如少女，如新娘，有羞涩绯红的腮，在春天的青草小径奔跑。小豌豆如她那贴身小丫鬟，身前影后跟随着，一步不曾离开。这一雅一俗两个名字，恰似一主一仆形影不离。

《诗经》里的“采薇”“采葑”“采菲”“采桑”，这些词语背后，莫不摇曳着妙龄女子婀娜的身姿，以至让人忘却，她们是在辛苦地劳作。

wēi

采薇采薇，薇亦作止。曰归曰归，岁亦莫止。
——《诗经·小雅·采薇》

六十年前，她十三岁，生有一子
粉红的乳头微凸，容貌惊世骇俗
人们叫她小豌豆美人
小豌豆美人年幼无知不懂养子
满世界招蜂惹蝶

一个女人的故事
这般轻巧是有罪的
第二年她再生一子，已经懂得留意命运
可是已经来不及了
没有人收留这个十四岁小妇人
她只好与紫云英聊伴一生
人们改叫她野豌豆

桃
táo

桃之夭夭，灼灼其华。之子于归，宜其室家。
——《诗经·周南·桃夭》

把篮子压得更低
把俗气压得滴水不漏
只剩下甜美
每长一寸茸毛，就震荡一次，波动一下
新寡妇。老美人
为什么你粉红的肚皮一挂在枝头
那些卑贱的手就忍不住伸出去
握着一只跑来跑去的乳房
排队的牙齿，吮吸的嘴唇
这鲜艳欲滴的马路天使
有一大堆到处探头探脑的
假想情敌
在煽风点火

本草拾遗

桃，与梅、李、杏为同胞姐妹，皆为蔷薇科，分观赏类和食果类。

《典术》曰:“桃者，五木之精也，故压伏邪气者也……制百鬼。”后世“桃符”镇鬼的风俗，即从此来。民间遂以桃木为镇宅辟邪之物，凡盖新房都用桃枝钉在房屋四角，以保家宅安宁。迎亲嫁娶也用桃枝，寓意婚姻美满，富贵平安。逢年过节还会取桃枝挂门边，用来镇宅纳福。

传说夸父逐日渴死前，将手中杖一抛，化为一片邓林——也就是桃林，是为了让后世逐日的人能吃到甘甜的桃子。

宋以后“桃花”衍生出负面的含义。比如，“桃花”在八字命理中属于神煞类，“命带桃花”就是用来比喻花心、异性缘强的人，这种人通常被视为浪荡轻浮之辈。时移世变,到今日则无人不觊觎“桃花岛主”之位，日日暗数桃花指数，期待自己能交上桃花运。

桃花流水，世外桃源，向往这种生活的人性格上表现为宠辱不惊，淡泊处世。“人面桃花相映红”，凝眸含笑间尽显风流，喻生命娇美而丰润。“人间四月芳菲尽，山寺桃花始盛开”，足以让人感觉眼前胜景非常，内在春心荡漾。

木 mù 瓜 guā

投我以木瓜，报之以琼琚。匪报也，永以为好也。
——《诗经·卫风·木瓜》

木瓜起初不叫木瓜
叫什么我也忘了
它在那里等着命名
直到有一天，它自己突然叫出自己的名字
它和我才同时如梦方醒

木头木脑的木瓜
憨厚老实的木瓜
其实闷骚的木瓜
直取其汁的木瓜

我吃过几次木瓜
芬芳，微涩
有些皮薄，有些诱惑
有些抵抗，容易受伤

小心轻放

本草拾遗

木瓜，蔷薇科，又名木梨、降龙木。绝大多数南边的人不知道，真正的木瓜在中国中东部地区，是苹果、梨、桃子、李子的亲人，状如柰和梨，家族乃赫赫有名的蔷薇科，并早已进入史册。《诗经》里那句“投我以木瓜，报之以琼琚”响彻文学界。只要进入经史，什么事都成不争的事实。

有一种花叫贴梗海棠，灿若云锦，如桃似梅。如果告诉你，它是木瓜的一种，叫皱皮木瓜，你会不会惊诧？搞不好你还以为贴梗海棠是一种海棠花。贴梗海棠也叫宣木瓜，《本草纲目》说：“木瓜，处处有之，而宣城者为佳。木状如柰，春末开花，深红色。其实大者如瓜，小者如拳，上黄似着粉。宣人种莳尤谨，遍满山谷。”该木瓜与亚热带“木瓜”是两回事，亚热带的木瓜姓“番”。

木瓜果实比番木瓜要小很多，椭圆形，暗黄色，味芳香，果梗很短。曾经有大量文字说木瓜可为药用，后来又说药效低，已经弃用。在我看来，作为传统的中国木瓜，它无须发挥什么作用，它只需专心开花就行了，艳美烂漫，淡雅俏秀，种在庭院，或制作盆景，春可赏花，秋可观果，足矣。如果说番木瓜是通俗的，实用的，那么中国木瓜则是文学的，赏心悦目的。

韭

jiǔ

四之日其蚤，献羔祭韭。九月肃霜，十月涤场。

——《诗经·豳风·七月》

露头为青
藏头为黄
埋头为白
让人一惊一乍

一岁三四割
先春复生，信乎生者
关于拔节，关于生长
于它是自然而然的事

关于壮阳，关于肝火旺盛
都是贪嘴兼贫嘴之下的说辞

四月天上下水，带锄入园
它敛气屏息。开出一方：
夜有噩梦不止，勿点灯
只要痛咬他的大拇指
将唾沫吐在他脸上
再将韭菜捣成汁吹进他的鼻孔
即可醒悟

本草拾遗

韭，百合科葱属。多年宿根，南北通植。“韭”字有异相，久凝视之，似字非字。再三凝目，十分形象，那一茬一茬长在地面上，可不就是韭菜？《诗经》里，它用来作祭祀，可见非同一般菜蔬。在闽南，人去世后第七天，前往帮忙丧事的人都要吃上一团韭菜，以示自此告别不吉，长久康健。想必这个风俗与古先民异曲同工。

一路看下来，韭菜盛长于各个朝代，唐宋诗人都喜欢把它入诗，兴许是因为“韭”和“久”谐音，或者它的快速生长带来的励志。我更愿意说它郁郁葱葱的翠绿和柔软顺从的小身子叫人怜爱。

韭既是葱属，必然容易让人想起葱和蒜，三者皆具香辛气味，都可以当作料用，在厨房各司其职，各侍其主。

所谓葱冷韭温，韭菜还不是一般的温，而是有火气。午间敛火更盛，故不得日中收割。白色伞形韭花一开，也甚是小清新，采摘炒食，比韭菜叶还香郁耐嚼。南齐周颙有句：“春初早韭，秋末晚菘。”意为早春的韭最好。想来也是，春天刚长出来的第一茬，哪有不好吃的？虽如此，韭菜不能多食，《本草纲目》说：“韭菜多食则神昏目暗，酒后尤忌。”至于民间称其为“壮阳草”，并无依据。

本草拾遗

梧桐，又名青桐，梧桐科，系中国梧桐，和同名为“桐”的油桐（大戟科）、泡桐（玄参科）、法国梧桐（悬铃木科）无血缘关系。

梧桐高擎着翡翠巨伞，清雅洁净。《花镜》说梧桐每枝上平年生十二叶，闰年则生十三叶，因此能“知闰”；古人还有“梧桐一叶落，天下尽知秋”的说法。“知闰”当然是根据偶然巧合演绎出来的，至于“知秋”却是一种物候和规律。

传说青桐是凤凰栖息之树，“栽下梧桐树，引来金凤凰”，常用来寓意创造好的环境，才能吸引优秀的人才。

古诗文中出现的梧桐都是中国梧桐。自古吟赋梧桐的诗篇众多，多为感怀伤情之作。孟郊诗云：“梧桐相待老，鸳鸯会双死。”《孔雀东南飞》里焦仲卿妻死，焦仲卿“自挂东南枝”，他们的家人在二人合葬墓旁“左右种梧桐”，想来梧桐乃相守终老之树。

梧桐、细雨、庭院、残月、清秋，这些物象形成中国文化的意象和符号，因此有梧桐的道路，必定轻摇着唐诗宋词的韵步。

因梧桐木质轻软，中空且疏，可以保证产生均衡的音色共鸣，所以它成为制作琴瑟的佳木，因此有“桐木瑶琴”的说法。

试问天下诸木，能为琴瑟者几？能知音者几？

梧 wú 桐 tóng

凤凰鸣矣，于彼高冈。梧桐生矣，于彼朝阳。
——《诗经·大雅·卷阿》

这是上午。海上的行程中途落败
而落叶无垠啊。江南空气薄如刀刃
海洋变轻。满洲薄客当街
谁在与孔雀谈判？十里一徘徊
直至风霜开辟出一条绝境
从浩瀚的东大街
低头拐进一个踽踽独行的人
她那隐忍的内心

本草拾遗

梅，蔷薇科，与蜡梅（蜡梅科）无戚属关系。梅花种类繁多，有开花观赏者为梅花，有结果可食者为梅子，既开花又结果者为花果梅。

冷艳孤绝，清瘦空明，梅的花期不合时宜，耿介凌寒，驿外断桥边，寂寞开无主。而待百花热闹时，是它最孤独。所幸林逋识君，许之为红颜知己，以妻相待共度一生，“幸有微吟可相狎，不须檀板共金樽”遂成咏梅之绝唱。

平素于园林多见剪截捆缚的梅花盆景，晚清诗人龚自珍特辟“病梅馆”医之，讽世人势利雕琢的匠心，使其天然之姿受到伤害。

历来咏梅、画梅者积微成著，并未知它孤寒；后人多奖掘，怎知它不堪其荣——“笛里三弄，梅心惊破”“一枝折得，人间天上，没个人堪寄”，李清照这首《孤雁儿》，直教人魂断神伤。

梅
méi

山有嘉卉，侯栗侯梅。废为残贼，莫知其尤。
——《诗经·小雅·四月》

它在惊险中睡去
醒来华发如银，河山变新
大风雪领着一群无知的孩子在滑行
一群粉红的孩子，他们在天地的纵容下
前往流水的都市
雕栏玉砌的故园

它们一齐奔跑过去
狂欢于毁灭性的万丈落英

本草拾遗

漆，漆树科，又名染山红、山漆、漆柴、毛叶漆。《本草纲目》的记载最精当，“漆树高二三丈余，皮白，叶似椿，花似槐，其子似牛李子，木心黄，六月、七月刻取滋汁……”叶似椿，花似槐，尤其满树嫩芽时，几可乱真。

漆树韧皮部有裂生性树脂道，能分泌乳状汁液，即生漆原料。不过其汁液有毒，一旦接触可能导致皮肤过敏、瘙痒，甚至红肿。有人说漆树的嫩芽也是可食用的美味，谁敢试啊，痒在舌尖是何情况，你有足够的想象力吗？

“漆树”与“槭树”同音不同种，广泛分布于云南、贵州、四川等地，树叶秋天变黄变红，漫山遍野可与杏叶枫树相媲美。

漆树科并非都“咬”人，也有可以吃的品种，常见的腰果和杧果就属于漆树科。漆能“咬”人，这是其自卫的本能使然——原本只宜远观，不宜近亵，即为其脾性。漆如此拒人于千里之外，注定孤寂到老。

漆
qī

山有漆，隰有栗。子有酒食，何不日鼓瑟？
——《诗经·唐风·山有枢》

不能轻易使用“焚烧”
不能用焚烧染红孤寂的寺庙
只可以在肉眼看不见的地方安静地给十指
钉针尖
坐在小凳上茫然挖掘手心的奇痒

我的偏见则是，不愿把手伸出来
又不愿躲避你闹腾腾的火焰
只好不停地踱步
不停地咳嗽，不停地搓揉
到了后半夜，魂魄全部破碎
不得已取下枝头的鲜血当暗药

本草拾遗

樗，即臭椿，苦木科臭椿属。中药铺抽屉里的樗树子、樗荚、臭椿子、凤眼子、凤眼草都是它，乃它的处方名。

就像香椿以香气起家，臭椿以臭名昭著。其实也不是臭，只不过气味浓郁，非得说它臭，不就为方便和香椿比对吗？但不能否认气味给人的感觉存在个体差异，比如有人觉得夜来香臭不可闻，有人觉得臭豆腐香气扑鼻。当我第一次知道那蹲在地上的小丛苗叫臭椿时，我吓了一跳。小时候在老家，这种树为牛羊所弃食，我们都叫它臭草，用手一捋，大家也都说臭。那好吧，臭椿。

臭椿材质疏松，非可塑之才，所以庄子十分嫌弃它。“……大木臃肿，不中绳墨，小枝曲拳，不中规矩。立于途，匠者不顾。”毫不客气地把它列入恶木之流。连《诗经》里那句“蔽芾其樗”也用来比兴婚姻的失败。其实臭椿开花隆重，远看花盖满头，它的翅果像漂亮的凤眼子，而香椿的花藏在繁密的枝叶里，一点儿也不起眼。实在觉得臭椿被妖魔化了。

天下很难找到一对小冤家，像香椿、臭椿这样长得几近孪生。我愿意香椿、臭椿上辈子是亲人，分类学家却决定了它们的相逢陌路。

但不管香椿还是臭椿，它们都跟椿树没关系。椿树是椿树。

樗
chū

我行其野，蔽芾其樗。婚姻之故，言就尔居。
——《诗经·小雅·我行其野》

厨师拿臭椿说鸡蛋之事
文学用赋比兴往死里整
在一个二维世界
命名成了一件简单粗暴的事

无非臭得“无比香”
无非香得“无比臭”

在心机重重的分类学家那里
它被界定了身份
这中药铺里的苦木
它有一个坏身份

蕨，一直隶属于凤尾蕨科蕨属，一九七四年分类学家根据其不同于凤尾蕨的性状，把它另立为蕨科。古代有“蕨萁、月尔、綦”等奇怪的叫法。为什么叫蕨？《埤雅》说:“蕨，状如大雀拳足，又如人足之蹶也。”指的是蕨的嫩叶尚未展开时蜷曲的样子，有如人屈倒的足掌。

《诗经》里采野菜皆为食用，“言采其蕨”说明蕨是可以吃的，现在仍有山民把嫩蕨腌制于瓶罐里引为山珍。但中国植物图谱数据库把蕨类列入有毒植物，说蕨菜含有致癌物。既然有此异议，那就宁信其有不吃它吧。

多数人把蕨当作蕨类的统称，事实上它是蕨类里面具体、独立的一种，也就是说，蕨不等于蕨类，蕨类也不等于蕨。有意思的是，今天我们看到的大部分蕨，都是欧洲蕨。为什么在中国《诗经》里长得如此顺理成章的蕨，不是中国蕨？因为中国蕨独立门庭，自己建立了一个中国蕨科中国蕨属的小小诸侯国，属于小众科属，专收小型旱生蕨类，并且仅产于云南西部和四川西南部，似乎想以此和欧洲蕨分庭抗礼。

蕨类，植物界遥远的先辈，距今约四亿年前泥盆纪时期低地生长的木生植物的总称，可想而知它有多老，需要给它多高的威望，才能配得上它从远古一路活下来的惊险与幸运。

蕨
jué

陟彼南山，言采其蕨。未见君子，忧心惙惙。
——《诗经·召南·草虫》

泥盆纪有多远
它就有多老
那时地球多么单调
独孤称世有意思吗？

此后的世界是一种想象
也可以吹牛说是它的孑遗
那些打在开花物种上假设的耳光
反倒把自己身上的孢子抖落一地

当显花时代来临
花和果诱惑着人们的感官
人类奔向美艳的花朵和芬芳的果实
这次伟大的嬗变
最低级的高等植物，你的羊齿掉了
三亿年前植物界的爷爷
现在像一个孙子，委屈在阴湿的角落

本草拾遗

桑，桑科，古代重要的农作物。商周时，宗庙祭祀用的神木就是桑，到先秦时已是农桑遍野。由于桑蚕饲养的普及，蚕丝产量增加，男子的朝服、女子的衣裙逐渐变得柔和华美起来。以桑养蚕而得柔韧的丝帛，这是一个迷人的过程，是人类生活品质飞跃的象征。

桑葚有两种，一种果实乌紫，称“玉紫”，其果汁甜润微涩，吃过之后总是满嘴流紫；一种果实玉白，唤“珠玉”，食之口舌生津，是桑葚里的贵族，其色其名都让人想到净洁丰润的女子。《本草新编》里面还提到桑葚可以晒干了吃：“四月采桑葚数斗，饭锅蒸熟，晒干即可为末。桑葚不蒸熟，断不肯干，即干而味已尽散无用。且最恶铁器，然在饭锅内蒸熟，虽铁锅而无碍也……桑葚紫者为第一，红者次之，青则不可用。”“最恶铁器”，不曾想这小东西还真挑剔。

《诗经》里出现桑的篇目最多，《卫风·氓》里说，女子用情，犹如斑鸠食过量桑葚而醉，容易伤了自己的身体；男子拈花惹草，犹如斑鸠食桑葚而醉，晕头转向，找不到回家的路。

陌上桑熟，正是女子既羞涩又辗转不安的时节。未来让人憧憬，也让人担忧。

sāng

桑之未落，其叶沃若。于嗟鸠兮，无食桑葚。
——《诗经·卫风·氓》

“槐故意碰了碰桑，桑掉落在地，紫唇擦了黑泥，
从此他们夫妻相称。”
“斑鸠贪食，醉得一塌糊涂。”
我的故事尚未说到尾声
它的红颜薄命已经抵消患得患失的爱情
空气酸中带甜
幸福苦中作乐

桑啊，爱一个人谈何容易
你不要结太多桑葚
你要趁早把果子都摇落
让斑鸠身中十八种咒语

本草拾遗

芣苡，车前草科，有写为“芣苜”“芣苢”或“芣苡”，不一而足，想必是二词四字混淆所致。

也可能它就像乡里的孩子，起个雅名“芣苡”难养，干脆再起个俗名吧，遂叫车前子、车前草、车轱辘菜等，别名之多，琳琅满目。

民间常用芣苡来解毒利尿。传说当年汉将马武的数万将士多患尿血症，唯三匹战马因常啃车辙边的无名小草而幸免此疫。细心的车夫发现个中缘由，便挣扎着往道边采来那无名小草生嚼吞食，所患尿血症竟然好了。他将此事禀告马武，马武即下令全军服用，几天内患者痊愈。

芣苡生长在贫瘠的山野，混迹于牛马粪中，在人畜踩踏下生息繁衍，历千年万年形色不改，凡常如平头百姓。正是这种名不见经传的野菜，在饥馑年代让很多人活了下来，以至一些上了年纪的人常常感念它的恩德，不忍践踏伤害它。

清人方玉润在《诗经原始》里提供了一种《芣苡》的读法：“读者试平心静气，涵咏此诗，恍听田家妇女，三三五五，于平原绣野、风和日丽中群歌互答，余音袅袅，若远若近，若断若续，不知其情之何以移而神之何以旷。则此诗可不必细绎而自得其妙焉。”

芣苢
fú yǐ

采采芣苢，薄言采之。采采芣苢，薄言有之。
——《诗经·周南·芣苢》

篮子和老鼠言归于好
野菜和糨糊翻滚在一起
尘埃奔腾不息。天不做声
鼻血止住了。

排完体内的毒
从此梦里无臭无味
伏地的车前子，它输光了一切
双脚浸泡在泥淖里
看野菜和糨糊如漆似胶
看篮子和老鼠共置家业

草民帝王心
往往悲辛又该死

卷 juǎn 耳 ěr

采采卷耳，不盈顷筐。嗟我怀人，寘彼周行。
——《诗经·周南·卷耳》

它“唰”地吸附上来
共有十二粒。在毛发、衣裳和鞋袜上摇着褐色的耳环

它还有二十多粒挂在自己身上
吸附自己，或等着跟踪出轨者

这一切已经成为它的德行了
只有枝叶待在原地
垂垂老矣
无力管理那群喜欢趴在他人身上过活的妻妾

本草拾遗

卷耳，即苍耳，菊科，又名羊带来、耳铛草。

其果实称苍耳子，呈纺锤形或卵圆形，上披覆钩刺，形如妇人的耳铛，又如一只只微型刺猬，种子有剧毒。成熟的刺果黏附于动物的毛羽，借以散布他处，以此传播种子。

田头路边不择土性，它随处可以生长。苍耳子上的短刺勾镰那般一厢情愿，你走到哪里，它就跟到哪里，不离不弃，牵扯难断，如同跟着一个恩怨交缠的恋人。孩提时要捉弄人，便采摘一捧卷耳，往要捉弄的孩童头发上一抹，苍耳子与头发立即纠结成团，愣是怎么扯也扯不下、扯不清，让捉弄者颇为得意。而被捉弄者则在一旁扭着脖子歪着头，和苍耳子难分难解。

本草拾遗

李，蔷薇科。李花素雅，繁花满枝；李实圆润，酸甜生津，制成李脯称嘉应子。

上古，李树长在山林，逢春季开花，夏暑时挂青果，秋上就能长得密密匝匝，或紫红或明黄，悬于枝头，吸引采集山果的女子们注意。她们取食这种诱人山果，尝到了美味，慢慢将其移植到自家园子里，成为今日的“水果”。这些《诗经》里采集野菜、野果的勤劳女子们，就这样驯化着自然生灵。

古谚“桃李不言，下自成蹊”，是宽厚务实、不尚虚声之理。这种性情进入古老的中国文化,就是一种深藏的时刻自省的秉性。以“天下桃李”喻学子，除了意指师门昌盛外，更是说学生有桃李品质。

乐府《君子行》里“瓜田不纳履,李下不正冠”是有意思的比喻,指“避免招惹无端的怀疑”——君子在瓜田李下是要记得避嫌的。

未熟的李子因含过多果酸，不可多食，农谚“桃饱人，杏伤人，李子树下埋死人”，说的就是这个道理。不过李子肉炖冰糖，是音哑者润喉开音的佳品。

站在落花纷飞的李树下，空气里弥漫着甜蜜的气息，让人易生眩晕之感，恍惚间不知身在何处。

李

lǐ

投我以桃，报之以李。彼童而角，实虹小子。
——《诗经·大雅·抑》

当我还是一个好奇者，我来到树下观赏
天哪，它的坠重，纯粹是身体的
以公斤计量，不以灵魂称数
所以，那条平日清晰的路径
被两旁累赘的果实给填塞了

“诗情饱涨，想要吟诗。”
我马上制止了他。
牙根有一点酸楚，嘴角有一些口水
我制止了欲望：

喧闹的枝头，月光姣美
我按住它的滚动
把一半果实分给少不更事的孩童
另一半果实分给涉世已深的失重的人
让枝头得以空出来

本草拾遗

艾，菊科，别名香艾、艾蒿。其形状与菊模样相似，长于路旁荒野草地。

古时艾用于祭祀，相传其色越暗绿越具神性。《荆楚岁时记》云：“五月五日，四民并蹋百草……采艾以为人，悬门户上，以禳毒气。”此风俗流传至今。艾草的特殊香味还具有驱蚊虫的功效。

艾可解毒消毒，产妇多用艾水洗澡或熏蒸。台湾流行的“药草浴”，大多就选用艾草作为原料。用于针灸术的“灸”，即拿艾草点燃后熏烫穴道，称为“艾灸”。孟子则以“七年之病，求三年之艾”，喻凡事要有坚执之心，不可急于求成。

《诗经》时代，除了祭祀，艾草还是重要的民生植物，可做香甜的艾粑粑。

艾草可以招百福，一般人家在房前屋后栽种艾草以求吉祥。闽南将艾草、榕叶、菖蒲用红纸绑成一小束，插或悬于门窗，“插榕较勇龙，插艾较勇健”；还有“蒲龙艾虎”一说，即扎蒲草为龙形，扎艾草为虎形，于端午悬于门首，亦可驱恶辟邪。

岸上有神，花中有灵，艾草于田间地头静静生长，如同自远古而来的巫师，年复一年保佑着人们安和健康。

艾
ài

彼采艾兮，一日不见，如三岁兮。
——《诗经·王风·采葛》

往上伸一伸，即可越过祭祀的身份
进入驯化的园林

在一个杂草丛生的墓地，我见到这样的
墓志铭：
“从心而动
不违自然所好”
遍地昏黄的快乐
它的脸庞并没有被流云所扭伤

一个萧条的人，一个只有草木思想的人
随风结籽，随风落籽
遍地是唇齿相依复相离
简单的繁衍和生息

本草拾遗

棘，即酸枣，鼠李科。古书里“棘”与“荆”合用，泛指带刺灌木，古人居家用以防兽或标志活动疆域。酸枣仁能安神，神经衰弱、心烦意乱、失眠易惊者食之可镇静心绪。

“棘”为会意字，两“朿”并立，表示棘树多刺，矮小时像一丛丛灌木，久则刺退化光滑，高大如枣。

黄土高原自古就酸枣丛生，遍布阳坡，但长成大树的十分罕见，一般长到杯口粗细便自然干枯，由根部再生嫩芽。

棘有野性之美，干枝坚韧，铁骨铮铮，固执而难以近人，牢牢扎在岩石或瘠土中，不假人力。虽寒瘦孤立，而刺身盈果。

荆和棘在大自然里常纠合生长，故有词“披荆斩棘”。十六国时，佛学大师佛图澄对暴君石虎发出谶语：“棘子成林，将坏人衣。”所以，为居家安全，请不要在庭院中种植带刺植物。

棘

jí

园有棘，其实之食。心之忧矣，聊以行国。

——《诗经·魏风·园有桃》

如果热爱，它的抽打就是爽朗的脆薯片
如果憎恨，它就绕颈三圈
在路口用倒勾刺布置爱恨情仇

“不要凶残。”它警示
“不能声张！”它吓唬
就这样静静地抽打
静静地享受

本草拾遗

萱草，即《诗经》里的“谖草”，百合科。初夏时节黄灿灿的花开遍沟畔，可结子实。在闽南，萱草俗称金针菜、黄花菜，呼来亲切家常，其花蕾晒干可做羹肴，味道鲜美。《本草注》说“萱草味甘，令人好戏，乐而忘忧”，故萱草又名忘忧草。

古人用萱草抒离情，并相信萱草可使人忘忧。其实赏花本是赏心悦目之事，散心解乏自能分忧罢了。

“焉得谖草，言树之背。愿言思伯，使我心痗。”先秦至今，萱草最初落在人心上，是因为一个女子思念远方爱人，爱而不能见，只能背靠着秋树，对着空落的天空喃喃倾诉，长久间竟生出痴情之态，系相思之爱。

《诗经疏》称“北堂幽暗，可以种萱”，北堂即母亲的代称。古时游子远行，会在北堂种萱草，希望减缓母亲对孩子的思念。唐朝孟郊《游子诗》写道：“萱草生堂阶，游子行天涯；慈母倚堂门，不见萱草花。”说的就是这种母子之情。东方的萱草和西方的康乃馨，同为母亲之花。

百合萱草株连合璧，寓意吉祥。这种寓意并不随时间迁流，千百年来还时时撩动着我们的思绪。

萱 xuān 草 cǎo

焉得谖草，言树之背。愿言思伯，使我心痗。
——《诗经·卫风·伯兮》

作为美德的象征，在它身上
我找不到责备的缺口
作为和缓之美，它迥异于生活杂乱无章的图案
我惊讶于有这样的善意：
冤家在窄路欢喜
喜鹊在枝头相逢
一枚被现实磨砺得透亮的钉子，恩仇尽泯
每钉入一枚钉子，就浮现一朵如意

记住啊
要忘记生活的忧愁，懂得领略生活
或低级或高级的趣味

飞 fēi 蓬 péng

自伯之东，首如飞蓬。岂无膏沐，谁适为容？
——《诗经·卫风·伯兮》

十年前去郊外送行
黄花没膝。生离把我压得走不动
她像旧电影里的慢动作那样，摇着一束飞蓬
越来越远，越来越远
最后和远山的雾霭重叠
多年后当我关灯睡觉，碰倒桌上的干花
手在黑暗中摸到她羞涩的笑容
她静静地生着心脏病
紫绀的唇突然动了一下，似乎叫出一个词——“母亲”

而我只是她的无能为力的姐姐
我照顾她有二十个年头
她的心脏病越来越重
越来越以为我是她的母亲

而我只是她的姐姐
我只是一束乱糟糟的飞蓬

本草拾遗

飞蓬，菊科，又名狼尾蒿。古诗文里蓬泛指蓬草类多种植物，一棵棵矮墩墩的绿，贴着地长满原野高岗。

其茎叶大于根，遇风则自拔而走，从此野外飘零，身不由己，于是才有“生如飞蓬”之叹。

由于无家，反而处处是家，随生随长，有泥土的地方就有飞蓬。它对逼仄的环境淡定自若，一把碎茎上花蕾暗结，黄蕊旋着一圈白色的碎瓣，大小如纽扣，自顾自开了败，败了开。

飞蓬是卑贱的草，它的名字轻声念来，却俊逸轻灵。其名隐得深而又深，深到千年前的《诗经》里，那一段美好的爱情里。

天宝四年，欲再游江东的李白，与西去长安的杜甫在山东相逢小聚，离别时送了杜甫一首诗：“飞蓬各自远，且尽手中杯。”命运无常，不得把握，生死沧桑，生命不羁，所以一见难忘，这种种情怀，尽在手中杯中。

蓼 liǎo 蓝 lán

终朝采蓝，不盈一襜。五日为期，六日不詹。
——《诗经·小雅·采绿》

神明的肚肠是染色的
青山脸色铁青

佐证由红变黑。惊堂木蓝幽幽
啪——
堂下的膝盖软化开去，血喷在垫子上
三步一染缸，五步一浸泡
五彩的人，形似鸡禽，
磕头如捣蒜

一个钟头过去了
染色坊里，那个人埋头染色
被禁令不能抬头。不晓得天暗如墨
把他吞吃得差不多了

他的身上一团黑一团锦
斑纹像虎像猫

本草拾遗

蓼蓝，蓼科，也称为靛青，即《诗经》里的“蓝”，也是《荀子·劝学》中“青，取之于蓝”的“蓝”。靛蓝的颜色是从蓼蓝中提取出来的，所以它用作织物染料或绘画颜料自然在情理之中。

蓼蓝浸染的丝织物品，或高贵浓艳妩媚，或谦和素雅质朴，染后色泽牢固附着于织物上，几千年来在宫廷和民间广受喜爱。其花色紫红，叶色鲜绿，从外观上无法想象蓼蓝与“蓝”有任何关系。

《诗经》中所描写的“终朝采蓝，不盈一襜”，说的是采上一天的蓼蓝叶，还装不满系在身上的围兜，可见采蓝的辛苦。“五日为期，六日不詹”，是说男人也出门去采蓝，约定五天后回家，已经六天过去了，还不见斯人踪影。女人只能倚门远眺，心有所思、有所怨、有所忧，却只能停伫于这个姿态，无能为力。

蓼蓝，是种在《诗经》里的牵挂。

本草拾遗

茯苓，多孔菌科，又称“茯灵”，与灵芝皆为菌类植物。

茯苓其貌不扬，状如土豆甘薯，把它的表面切开，褐色的皮质下面是雪白的核。白色的茯苓叫云茯苓，是茯苓之上品。它寄生于松科植物赤松或马尾松的树根上，明代名医贾九如说它“假松之真液而生，受松之灵气而结”。

茯苓内敛、不张扬，精华内蕴。《神农本草经》将之列为上品，自古被视为“中药八珍”之一。东汉医圣张仲景所著《伤寒论》中载有一百一十三张药方，用茯苓的就有四十多张。晋代陶弘景列之为上品仙药；就连被包裹在中间的那根树根，也被称为茯神木，是平肝安神的良药。

中国档案馆保存的慈禧太后内服的十三个长寿方子里，使用茯苓的占了近半；《红楼梦》中，广东官员不远千里送给贾府女眷滋补养颜的，就是茯苓霜；苏东坡还说常吃茯苓可以面若处子。

茯苓饼、龟苓膏、茯苓霜……就连我们日常生活饮食，无声息间也被其侵入，茯苓侍候，请勿不安。

茯 fú 苓 líng

采苓采苓，首阳之巅。人之为言，苟亦无信。
——《诗经·唐风·采苓》

他抱着茯神木睡着了
研磨成粉的糕点摆在桌上
云茯苓也歇息了

夜犬咬着铜环在转圈
茯苓瘦小的核雪白，雪白
它被惊吓了无数回
它只有更加无畏无惧
并总结出一套养生之道：

性温。味淡。富公关能力
匹配百药。
有小贪欲，有大忍耐
归于心经、肺经、脾经、肾经

本草拾遗

女萝，即松萝，松萝科地衣门，属于真菌和藻类的共生体。

女萝常附生悬垂于云杉、冷杉枝上，垂下来的丝状地衣体，最长可达一米以上。这种丝灰绿柔软，远望如翠玉，如瀑布飞溅，如白发苍苍的老者胡须，缠绵松干，仿佛不计牵挂之累，给人以既神秘又沧桑的感觉。

一说女萝亦指菟丝子，这是一种谬误，还有很多人不辨女萝与茑萝。

古人以菟丝、女萝喻新婚夫妇感情的柔韧和坚固。极少儿女情长的李白在《古意》里，对女萝有罕见的细腻描写："君为女萝草，妾作菟丝花。轻条不自引，为逐春风斜。百丈托远松，缠绵成一家。谁言会面易，各在青山崖。"

女萝对生存环境很挑剔，在远离尘世、空气纯净的地方才能湿润有弹性。在香格里拉普达措森林的云杉和冷杉树上，女萝层层叠叠垂挂着纱幔般的绿须，似烟似雾，在雾霭中飘逸柔软，随风摆动。当地农民用它来擦拭银器，能让银器亮泽，这是女萝适得其所的用途。

女 nǚ 萝 luó

茑与女萝，施于松柏。未见君子，忧心奕奕。
——《诗经·小雅·頍弁》

所有的青山后面，都有一层雾障
所有的刚直后面，都有一顶面罩
垂蔽的风景里面，万丈迷茫
青松不为青松
是街头闭目养神的乞讨者
手中的盲杖
瀑布不为瀑布
它强行取消流水的性情
暴露了集体垂挂的虚无

桦 huà 木 mù

薪是榎薪，尚可载也。哀我惮人，亦可息也。

——《诗经·小雅·大东》

任何再高的理想都不过分
木纹是最清晰的那种
林涛的喧嚣里，并没有它的低音
实用主义叫嚣着要撕下它的表皮
窥视它白霜一样的肌体，被它拒绝
一座修道院需要桦木制成的钢琴去拾音
被它拒绝
高尚住宅区，贵族肩上扛着一根羽毛无所适从
桦木在林中，浓荫又肥又美。一只老虎不想醒来
桦木清凉，俊美安逸

本草拾遗

桦木，即诗经里的“樺”，桦木科。桦木遍布北半球寒冷地区，是冰川退却后最早形成的树木之一。它的木质较柔，年轮明显，纹理直且清晰，肌理柔和光滑，富有弹性。唯其多汁，成材后易变形，故少见全部用桦木制成的器具。

也许因为具有收敛的作用，桦叶榨成的汁是绝佳的漱口液，能够促进口腔伤口愈合。它也是一些乳液与软膏的成分之一，近年来则被用于香水中。

桦树树干修直，洁白雅致。亭亭白桦被用来象征俄罗斯的民族精神。它孤植、丛植、列植于庭园、池畔、道旁，有若风度翩翩的绅士，气质潇洒的美男子，备受观赏者爱慕；若在山地或丘陵坡地成片栽植，也可组成美丽的风景林，枝叶扶疏，体态优美。

柳

liǔ

折柳樊圃，狂夫瞿瞿。不能辰夜，不夙则莫。
——《诗经·齐风·东方未明》

春江辽远，马匹不及
岸边无好戏，尽是悲欢离合
薄衫一件挂枝头，昔我往矣
君在江之头，我在江之尾

那么插柳呢？
在马蹄扬起的烟尘里
夹道垂青，伴着眼巴巴的遥望
空悬万缕千丝

渡船有一条，系在渡口
柳枝千万条，落向空怀
“当年不肯嫁春风，无端却被秋风误”[①]
有时扼腕，不如关门睡觉

---

① 此句取自宋代贺铸《芳心苦》。

本草拾遗

柳，亦名杨柳、垂柳，杨柳科柳属。准确地说，杨柳是总称，包含旱柳、杞柳、垂柳和枫杨等。如果更为简单看待这个词，那么，杨柳其实是杨树和柳树的合称，之所以合成一个词，是因为杨树和柳树经常种在一起。但现在人们提到杨柳，已不关杨树而单指柳树。问题是，柳树也是一个大口袋，装着四百种柳。

《诗经》里出现的柳，专指垂柳。种植于水岸边，垂眉柔顺，微风中轻轻移荡。“昔我往矣，杨柳依依。”（《小雅·采薇》）枝枝叶叶依偎在一起，不舍不离之状。也有说“依依”一词本意为“树木茂盛的样子”，听来有道理。柳树生来密集，“柳暗花明”的“柳暗”，想必就是柳树树荫浓郁所成。

柳树易种，水土随遇而安，但听“有心栽花花不开，无意插柳柳成荫”的慨叹即知。

柳树从古诗经一直种到唐诗宋词里，令文人们津津乐道。尤以唐诗为最，“柳”成为入诗的关键意象。“柳”“留”谐音，岸边折柳相送成为挽留之意。“别路恐无青柳枝”（宋代姜白石），“年年长自送行人，折尽边城路旁柳”（明代郭登），“此夜曲中闻折柳，何人不起故园情”（唐代李白）。朋客要远行，扁舟在水畔，别离在眼前，此去茫茫，也许就是生离死别，抬头是柳树，折下一根柳枝，表示难分难舍，离愁别绪惆怅又伤怀，真是“杨柳丝丝弄轻柔，烟缕织成愁”（宋代王雱）。

旋 xuán 覆 fù 花 huā

我行其野，言采其葍。不思旧姻，求尔新特。
——《诗经·小雅·我行其野》

人在开始时能够刻意做到
连说话也要来一个押韵
第二句第三句尚能坚持
接下来就乱套了
越扯越离章法
孤苦无依，随风而逝

另一个人一边激烈地咳嗽
一边抖动着脸上的肌肉坚持把笑话说完
脸色憋得深紫，笑话却总不见有结尾
一个流浪汉，“天涯啊……谁不……觅呀
觅知……音……”

人群慢慢散开，最后都要独自烂掉
有的梳洗整洁，有的蓬头垢面
尚有羞耻之心的人，离开别人的屋檐
在车站继续游荡
然后水一般干涸或消失

旋覆花，即《诗经》里的“蕾”，菊科，又作“旋复花”，与旋花（旋花科）异。旋覆花是著名草药，药谚也有“诸花皆散，唯旋复独降”之说。

生于山坡沟边、路旁湿地，旋覆是卑贱之草，根有臭气。因有小毒，误食会令人心烦，旋覆又被称为恶菜，在《诗经》里比喻遇人不淑或遭人遗弃的处境。

旋覆花圆而覆下，是很小的野花，大概一元硬币大小，乡人叫它铜钱花，更通俗的称谓是野菊花。农家孩子常用它制漂亮的花环，圈在头顶。

读花赏花，常以名取花。旋覆，回旋往复，层层叠叠，那它到底要到什么时候，才能简单起来？

唐代皮日休著有《金钱花诗》：“阴阳为炭地为炉，铸出金钱不用模。莫向人间逞颜色，不知还解济贫无？”穷文人从花中梦金钱，不似杜甫向天问：“安得广厦千万间，大庇天下寒士俱欢颜。”物质贫寒，引诱难挡，寒士看金钱花，满眼是钱不是花，又有何怪哉！

还有一个社团名字也叫旋覆花，是捷克著名文学团体，由卡雷尔·泰格于一九二〇年在布拉格发起和领导，众多先锋派青年艺术家陆续加入。后以“旋覆花社”为代表的捷克现代派诗歌悄然兴起，并出版有民刊《旋覆花》。谁能料想，旋覆这卑微之草，和艺术尚能有如此渊源？

本草拾遗

栗，即板栗，又称栗子，山毛榉科，是古代重要的农作物，《史记·货殖列传》有“燕秦千树栗……此其人皆与千户侯等”的记载。栗子可代粮，与桃、李、杏、枣并称“五果”，被誉为“木本粮食”“铁杆庄稼”。

栗树属坚果树种，果实富含淀粉及营养成分。民谚曰“八月的梨枣九月楂，十月的板栗笑哈哈”，秋分前后，素有“干果之王”美称的栗子满城飘香。糖炒栗子，吃到嘴中，满口甜香。

栗子刺球俗称栗子锅，如锅盖般坚硬，像一只只小刺猬，似乎用手一碰，它就会主动来攻击你。打栗子要戴笠帽，因为栗子是不认人的，若被敲打在头上，还不得疼得龇牙咧嘴。每个栗子锅里住着两三个栗子兄弟，等到锅盖开时，栗子兄弟就会蹦跳出来，相貌沉稳诚实，憨厚喜人，浑不似先前的刺猬状。

拉·封丹的寓言中，那只猴子骗猫取火中栗子，栗子让猴子吃了，猫却把脚上的毛烧掉了。可见谁都抵挡不了香甜的栗子的诱惑。

栗
lì

树之榛栗，椅桐梓漆，爰伐琴瑟。
——《诗经·鄘风·定之方中》

我爱你富有肉感的子弹
我爱火中取栗的快感
谢谢你选择我作为你的傻瓜敌人

谢谢你击中我乖巧而温顺的前额
并把淀粉、蛋白质和脂肪喂入我的体内

你说出你的位置
我来推波助澜
你说出你是坚果
你不是暗器

松，松科松属。松有许多，《诗经》里的松，按当时卫国所属地界，应是今天华北地区松树的泛称，包括油松、白皮松、华山松和赤松等。在中国文化的象譬中，它因适生于悬崖峭壁、岩石缝隙等恶劣环境，而被冠以顽强坚韧的形象。

寿命极长，有“寿比南山不老松”为证，可以忍受零下六十摄氏度的低温或五十摄氏度的高温。在众苑凋零万物失色的寒冬，只有松树保持着凝重的绿。在酷热的火山灰岩缝，它也能安身立命。《字说》曰“松百木之长，犹公，故字从公”，它成为历代文人画家描摹的对象。松针，松脂，松香，松子，听来就高级。

松树是北半球的“森林之母”，尤其温带的浩瀚松林海，可见北半球是它的王土。

与松如影随形的是柏，这种现象和“杨柳”如出一辙，有《诗经》为证。“如松柏之茂，无不尔或承”（《小雅·天保》），“茑与女萝，施于松柏”（《小雅·頍弁》，“陟彼景山，松柏丸丸”（《商颂·殷武》）。好歹杨柳不同属还同科，柏树与松树则是科属皆异，何以如此紧跟不舍，甚至被误认为松柏是一种植物？可能是它们外形相近以及常青不凋极耐酷暑严寒的相同属性吧？

松
sōng

泛彼柏舟，亦泛其流。耿耿不寐，如有隐忧。
——《诗经·邶风·柏舟》

榜样让它站到悬崖上
有白雪哄着，它忠贞地举着火把
俯瞰山下柔弱的众生

吃饭了吗？知道幽会吗？

菟丝子爬到它身上调情
它连爱的能力都没有了
被象征手法所消遣
一辈子励志别人
苦胆和叶片常绿

累了吧，亲爱的
扛不住就蹲一下
被比喻的一生多么哀伤

本草拾遗

柏，柏科，与松异。其树干通直，香气深沉厚重。柏树乃百木之长，素来被视为正气、高尚、坚贞的象征。

面对自然灾变和人心的幽暗战争，人们总是把柏作为卫士的象征，来安定身心。荀子说“岁不寒，无以知松柏；事不难，无以知君子”，就是以松柏喻君子。艰难困苦才能照见一个人的品行，这也是柏的细碎叶片和坚韧木质里透露出来的知人智慧。

柏树高寿，它那大圆圈套小圆圈的年轮仿佛老式的密纹唱片，里面录制了森林的合奏和古老岁月的回声。陕西轩辕皇帝陵的黄陵古柏，传说为轩辕帝亲手所植，已有四五千年历史，是自有文字记载以来的中华文化的同龄人了。它一生伟岸，引来周围众多杂树的侧目与嫉妒，也引来藤蔓的纠缠与攀附。

除此之外，柏还是悲悼的载体，古罗马人的棺木通常用柏木制成，他们会将柏枝放入灵柩中，希望死者得到安宁；在中国的庙宇、陵园和墓地，更是随处可见古柏参天，葱翠荫蔽着生者和逝者。

柏

bǎi

泛彼柏舟，亦泛其流。耿耿不寐，如有隐忧。
——《诗经·邶风·柏舟》

“老”有什么罪，偏又加了眼灰

夜里的“老”有樟脑的气味
貂皮裘衣重回幼兽身上
陶醉于寿命
又惊惶于寿命

他吵着要回家
这个垂死的老顽童！
好，我带他走。
请你照顾好我身后的一堆稚子
他们在客厅晶莹地滚动
在满是玩具的客厅捉迷藏

他们治愈不了他的思乡病

茅
máo

昼尔于茅，宵尔索绹。亟其乘屋，其始播百谷。
——《诗经·豳风·七月》

英雄绝尘而去
草莽继续纷披
无数飞白口口相传杀人越货的故事
短促的银狐之尾，甩痛星光的脸庞
头顶穿梭的飞刀，错斩空中的蚊蝇
所有的目击者腰身都闪伤了

一个失真的人，每天依靠打磨
显得如此光彩照人

流年荒
白马遁
他乡的故知啊
今年是否变得更加娇气

本草拾遗

茅，即白茅，禾本科，生于山野荒坡、沙质草甸。

茅花能止血，茅根煎水可清热利尿，是乡人劳作时田间地头必备的解暑饮品，茅叶还可以编蓑衣。茅的根茎顽强，能固沙凝土，是防止水土流失和土地荒漠化的绝好植物;但在农人眼里,茅则是一种难除的杂草。

茅花为穗状花序，花穗上密生白色丝状柔毛，触之滑软。因此茅在古代象征着洁白、柔顺，古人祭祀时常用它来垫托或包裹祭品。茅也被用于招神,《周礼》说“旁招以茅”，即男巫用茅草向四方祷告，呼唤所祭之神。

茅芽被称为“茅针”“滴滴芽”，大概三四月时，寸许高的草芽，腹部鼓鼓的,剥开后是嫩白的芯,放在嘴里甜甜滑滑,还有一种青草的香味。

在先人的诗词典籍中,常见“茅屋”“茅舍”“茅店”“茅寮”“茅棚”“茅檐”等词，对他们来说，茅是实用的建筑材料。

解暑饮品、固沙植物、祭祀用品，现在茅又成了建筑材料。其实茅是不会变的，变的是我们面对它时的那颗心。

本草拾遗

菟丝子，即《诗经》里的“唐”，旋花科，缠绕寄生于多种植物身上，是豆科、菊科、藜科植物的噩梦。

从住家的绿篱到路肩的护坡，及至海边的灌木丛，都是菟丝子理想的寄居地。被缠的枝条产生缢痕后，藤茎就在缢痕处形成吸盘，吸取树体的营养，迅速生长，不断分枝攀缠果株，并彼此交织覆盖整个树冠，形似“狮子头”。菟丝子有成片群居的特性，很容易辨识。

《抱朴子》云：“菟丝之草，下有伏兔之根，无此兔在下则丝不得生于上。”所谓“伏兔”，当指菟丝子根形如伏兔。当然，也有望词生义之嫌。

菟丝子是死缠烂打而不去的情种，肆意生长的菟丝子和人类想征服大自然的姿态相似，具有吞噬自然里与之相关的一切的自杀式特性，但它又是中药木匣子里的一味救世草。

也许该这样看：吸附和寄生，是菟丝子在自然界展示给人类的关于生存的艺术。

菟 tù 丝 sī 子 zǐ

爰采唐矣，沬之乡矣。云谁之思？美孟姜矣。
——《诗经·鄘风·桑中》

豆子睡死过去，或者早已习惯它的纠缠
它的软须绑着蛇信子，呼哧呼哧
往大豆的肚皮钻
一路恩仇快意

或在铁轨上抽一根气喘的枕木
每天玩崭新的升级版游戏
现在它是一个已达上限的赢家
虽然寄生生活远没有结束
——为什么要结束
活得如此之好！
你要看出它的自足
它的美满寄生生活

本草拾遗

木槿，即《诗经》里的“舜”，与扶桑系同胞姐妹，二者都属锦葵科。其花朵短命，因此又名朝开暮落花。

木槿是著名草药，对一些有毒气体的抵抗力很强，又有滞尘的功能，是常用的环保植物。用木槿做绿篱，开花的篱障别具风格。

在福建汀州一带，人们习惯以木槿花裹一层面糊后下油锅制成油炸木槿花，花形依稀存在，色香味俱全，当地人称之为“面花”。

木槿树叶用来洗头发，能止痒去屑。古时候，一到夏天，村姑农妇就三三两两去捋木槿树叶泡在水里，用这种水洗过的头发乌黑发亮，柔顺爽滑。

唐代李商隐感叹木槿“可怜荣落在朝昏”，以此来劝诫“未央宫里三千女，但保红颜莫保恩”。

因此，“颜如舜华”除了用来形容女子美貌，还意指女子红颜易老。所谓“舜华”者，朝开暮谢，瞬间之荣，来去匆匆。感觉上却并不忧伤，似乎朝暮并非一瞬，而是日日夜夜生命的循环。

木 mù 槿 jǐn

有女同车，颜如舜华。将翱将翔，佩玉琼琚。
——《诗经·郑风·有女同车》

“取花瓣若干，捣碎敷于伤口处。”
这是到了最要命的绝境。
一个病危的美人，诊断书上是这样写的：
“秋思过重，长期睡在潮湿的花粉里，
频受雾气的浸染，为短笺所划伤，恐无痊愈之日。”

本草拾遗

蒿，菊科，分香蒿和臭蒿两类。香蒿是青蒿，臭蒿是黄花蒿。以叶背辨别，背青色为青蒿类，背白色是黄花蒿类。蒿之类至多，《诗经》中的蒌、蘩、艾、萧、蒿、蔚均指蒿类，惹得历代解经者难以区分，此处取青蒿一说。

蒿叶含挥发精油，具特殊香气，可驱蚊虫，还被用作青饲植物。但也有人视蒿为臭草，毕竟事物常呈两面，忌其味者闻到臭，喜其味者嗅到香。

中医以蒿草入药时多用青蒿。《本草纲目》里青蒿被尊为正品，稳居“太子”之位，言其他蒿类均为赝品。

古人以“青蒿得春最早，人剔以为蔬，根赤叶香”，而把青蒿作为上等的野菜。《雷公炮炙论》还说：“使子勿使叶，使根勿使茎；四件若同使，翻然成痼疾。”也就是说青蒿的子、叶、根、茎不可同食，这种相生相克的现象集中在同一植物上，造物之奇巧由此可见一斑。

蒿
hāo

呦呦鹿鸣，食野之蒿。我有嘉宾，德音孔昭。
——《诗经·小雅·鹿鸣》

二米多高的青蒿，身怀腋臭和坏脾气
在磨蹭。不愿与牛羊为伍
不愿落草为寇。自矜有碧血丹心
对戏台上走着猫步的乌鸦嗤之以鼻

天色已昏，割草人蹲得更低
暴乱的草丛隐瞒了他的肥臀
他狂乱地收割着
而畜生嘶鸣

鸟迹绝空山
他不应该只是挥镰
在忧郁的马眼里一晃再晃
而不给它一些肥美的夜草

本草拾遗

莠，即狗尾草，禾本科狗尾草属。《诗经》就是诗经，哪怕百姓日常俗见之物，鸡豚狗彘不可随便取用，“莠”字当是狗尾草的雅称。

最早见“莠”字，想必因了一个叫“良莠不齐”的成语，“良”就是好，“莠”就是不好。既是带“草头”，可见乃草树。什么草树不好？《尔雅翼》云：“害稼之草。”有如稗草。

同是“禾”家成员，谷子小米能登锅入碗，狗尾草挨在它们边儿上，却必为人所除，莠成了粟、粱的敌人，农人的眼中钉。殊不知，赫赫有名的粟（小米），它的前生就是莠，没有莠，就没有粟。问题是莠的头脑转不过弯儿，它固执地长成了自己，没有混出粟的名声来。不过莠有个同僚死党，使它不至于太孤单，其名曰“稂”。稂是何物？狼尾草也，狼狗一起，诞生了一个鄙视它们的词语，叫“不稂不莠”，意思是不要做没出息的人。

物喻人事，自古而来。当它还被叫“莠”这等雅称时，它就已经被定义为身份不好，待日后索性叫它狗尾草、狗尾巴草，那就更是低贱到尘埃里去了。尽管如此，它活得不管不顾，浑身的籽粒撒开去，想拔也拔不完。卑微的生命自有它的活法，你拔我长，你恨恨不已，我无谓乐活。在晚风吹拂下，黄昏里的狗尾草甚至有些调皮，有些“我是狗尾草我怕谁”的无惧。

莠

yǒu

无田甫田，维莠骄骄。无思远人，劳心。
——《诗经·齐风·甫田》

不用警惕，尽管狗尾续貂
貂又如何？一丘之貉

关于卑微者的墓志铭
它们写得多么好：
“时日漫长，反正一荣一枯。”

春光露怯，惮于遍地狗尾高摇
若是取其用，用则留
那么你自留。

你这执拗的坏人
在孔子视你“恶物”之时
在你得不到祝愿之时
你反而放松了，从左边摇晃到右边
倒伏在自己身上
恳切而中肯

本草拾遗

甘棠，即杜梨，蔷薇科，本为野生梨树。《毛诗正义》说“白者为棠，赤者为杜”，不知有何根据。甘棠结果早、寿命长，耐盐碱和旱涝，是沙荒造林的良种，对肺病患者来说也是良药。

《史记 · 燕召公世家》记载，西周著名政治家召公在甘棠树下决狱政事，他治下的众官员敬业守职，造福百姓。召公死后，百姓怀念他的德政，见到甘棠树不敢砍伐，而且还以诗咏之。后人从此以“甘棠”称颂召公的美政和遗爱，以至于连他曾憩息其下的甘棠树也“勿翦勿伐”“勿翦勿败”“勿翦勿拜”，小心翼翼加以呵护，一唱三叹，反复吟咏。所谓“人惠其德，甘棠是思 ”，此故事与槐下公正听讼有异曲同工之美。

“甘棠”之名堪称美哉，若说它就是“野山梨 ”，则能有几人知其背后的酸涩？

甘 gān 棠 táng

蔽芾甘棠，勿翦勿伐，召伯所茇。
——《诗经·召南·甘棠》

杜尚的梨和高更的梨都缩水了
尺寸与画布不相符合
而枝头还不成熟
囚禁在枝头的甘棠尚需一声断喝

不是还有一片原野荒废着吗

我当然意识到辎重
但我不能盲目摘取你还处于发育中的身体
再苦一阵子吧
待到安乐时，即来采甘棠

葛，即葛藤，豆科，常与苎麻（荨麻科）混淆。

葛藤是解酒良方，因此有“千杯不醉葛藤花”之说。不过中医所说的“葛花”并非葛藤开的紫红花塔，而是老葛藤近根部开的乳白色干花，乃救命良药，十分罕见。

葛藤茎可做绳，纤维可织葛布。尧舜时期，人们已经利用葛藤纤维制麻织布，《诗经》里就写到女仆采葛制衣的场景；周朝更是在中央设立“掌葛”一职，负责征收和掌管葛麻类纺织原材料。到了汉朝，解表名方“葛根汤”也被张仲景收录在《伤寒论》中。用葛根制成的葛根粉是传统的保健食品。

用在正当处，葛藤是大地的医生，优良的覆盖物。但是物极必反，运用不当的话，葛藤和菟丝子一样，会成为屠杀植物的凶手。二十世纪七十年代，葛藤无声无息地占领了美国几个州的万顷土地，将当地的植物几乎全都挤死。野马一样狂野疯长的葛藤，所向披靡，凡被其蔓覆者皆枯死，因此它是需要缰绳约束的。

葛

gé

葛生蒙楚，蔹蔓于野。予美亡此，谁与独处。
——《诗经·唐风·葛生》

这撒野的欢蹄
这万顷的欲望之歌
这暴君的独裁与扩张

如此披覆，它的青面獠牙
它在废墟之上重建的秩序和伦理
现在正在包围羞怯的灌木群
连秋风辗转到这里也会自行断头

那棵被纠缠的芭乐树，惊吓得不敢坐果
盒子里巫术浸泡的种子
要用铜钹大声敲击才能醒来

醒来也无用
一切终将被它挤死挤光

本草拾遗

朴，榆科，树冠宽广，枝条平展，常植于寺庙或墓茔。

每到春末，朴树的枝头会结出一串串小圆果，那黄赤色球形小肉果，味甘可食。一到这时节，农村顽童就把幼竹子锯下一节做枪管，用竹筷做推杆，把朴果填进枪管做子弹。将推杆用力一推，子弹就飞向远处的目标，有时还用来互射在身上，成为很多农家子弟童年的乐趣和成年后美好的回忆。因此农民将朴果叫“噼啪子”——朴树自然就叫“噼啪子树”了。

鲁迅在《从百草园到三味书屋》里写到高大的皂荚树和紫红的桑葚，其实浙江绍兴鲁迅笔下的百草园，一进门就可以看到一棵高大的朴树。不知为什么鲁迅没有写到朴树，也许他的兴趣全在听油蛉低唱、蟋蟀弹琴，从没玩过“噼啪子枪”，所以对朴树没有印象，就把它给遗漏了。

朴

pò

林有朴樕，野有死鹿。白茅纯束，有女如玉。
——《诗经·召南·野有死麕》

当抒情时代已过
我感到一生过于漫长
频繁的出击使我倦怠
当面目隐蔽在失真里
我将免却追问
好心人，你们做了多少徒劳无益的事
抒情时代已过
信物作废。冬花呆坐在盆里
顾忌长满两岸
草莓流出热心的红泪
没有一个人懂得应和

本草拾遗

枸杞，茄科，是传统的中药材和营养滋补品，被《神农本草经》列为上品。各地野生和栽培的枸杞，以宁夏枸杞最为著名。李时珍说，枸杞为两种树名的合称，“棘如枸之刺，茎如杞之条，故兼名枸杞”。

枸杞是具有强韧生命力的植物，因此，最适合吃枸杞子的是体质虚弱、抵抗力差的人群。北宋翰林医官编写的《太平圣惠方》中载有服枸杞长生不老的说法，这也是后世传说“神仙服枸杞法”的由来。

现在，枸杞子已经走入千家万户，因为它亮晶晶、红扑扑的果子鲜艳可赏，晒干了则是实用的药材，所以很多人对它的偏爱远胜其他补药。

夏日炎炎，人们渴望一壶甘凉的茶水消除暑热。枸杞子味甘，配以菊花、金银花、绿茶等，是盛夏饭后佳饮，一杯入喉顿觉神清气爽，心旷神怡。

枸 gǒu 杞 qǐ

南山有杞，北山有李。乐只君子，民之父母。
——《诗经·小雅·南山有台》

没有血色的人，在药锅旁蹲守
他长着络腮胡子，这使他看上去郁闷而苍老
他并不清楚自己是阴损还是阳缺

我并不想安慰他（有没有能力安慰他是另一回事）
我也同样不想诊断他
因为我本身正在服用毗邻的另一味草药
我有不治的失眠症，彻夜看护炉火上慢腾腾煎熬的补品
手中拂着杨柳枝，口中念着杨柳词，身上忽冷忽热

有一天我终于忍受不了了，我向枸杞表明心迹
希望它帮助我固本扶正，安神明目
它说："很遗憾，你没有对症下药，你患得患失，养得
再胖也是白搭。"

本草拾遗

芍药，毛茛科，与牡丹同科属，有“牡丹王，芍药相”之说。芍药的根被称作白芍，是妇科良药，所以芍药又有“女科之花”的美誉。

古时男女互赠芍药以表惜别,《楚辞》里称之为“留夷”,又名“将离”。《诗经》里，一对青年男女在温婉的春风里两情依依，执手相望，互赠芍药——毫无疑问，芍药是先于玫瑰表达爱慕的爱情信物。

花容绰约、姿色超群的芍药，是春天百花园的压轴好花，因此被称为“殿春”。暮春红英将尽，芍药欲放，给寂寞的花园带来多少生趣。苏轼感怀于此，写下了“多谢花工怜寂寞，尚留芍药殿春风”的句子。

芍药给人妖娆、华丽、缠绵的遐想。《红楼梦》第六十二回“憨湘云醉眠芍药裀”，美人枕着芍药，芍药花飞了一身，红香散乱，手中的扇子丢在了地上，一群蜂蝶闹嚷嚷地围着她，似乎她还说着酒令，憨态可掬。单单看这个章回名，一股“是真名士自风流”的气息就沛然而出。

芍药虽天生丽质，雍容华贵，但万花之上，却恐怕要永远屈居于牡丹一花之下了，这也是世袭无法变更的身份和地位。

芍 sháo 药 yào

维士与女，伊其相谑，赠之以芍药。
——《诗经·郑风·溱洧》

满园春色里，突然听见有人喊捉鬼
原来是牡丹作祟

有人开始指指点点
原来她姣美的容貌犯了罪了！
她因此只好在客房外长长的走廊孤芳自赏
或隐入长廊尽头一间狭窄的客房

风流总被风吹雨打去，侵袭太甚
盛装之下有一颗憔悴的心
风姿绰约叫人哀伤
十年前它治愈了牡丹的妇科病
十年后它竟然遭牡丹暗算

本草拾遗

菽，即大豆，豆科，古代又名藿，至周代称菽，秦汉以来才称为豆，系豆类的总称。更细的分类是大豆称菽，豆苗称藿，小豆称荅。

菽是远古时期重要的农作物,《诗经》里多次提到菽，有“中原有菽，小民采之”等记载。尽管我国古代文献中对五谷的分类各有说法，但诸家均把“菽”列为五谷之一，不过五谷中所指的“菽”并非指所有的豆，而仅指大豆。

《春秋考异邮》里描述“菽者稼穑最多”;《诗经》说“采菽采菽，筐之筥之，君子来朝，何锡予之”，可见其种植普遍。那时候种植大豆不是为了榨油，因为战国前中国人还很少吃植物油，以动物油脂为主，人们主要用大豆做豆豉和酱。

《说文解字》里“菽”喻指贫寒之物。有“菽水承欢”一词，意指儿女用豆和水奉养父母，使其欢喜。生活清苦，一豆一水，如此菲薄的饮食，就穷尽了无数人一生的心力。

九月筑场圃，十月纳禾稼。黍稷重穋，禾麻菽麦。
——《诗经·豳风·七月》

有一天我对豆科说：“放两粒在热锅里
看看它们是如何暴跳的。”豆科很生气：“你们这些阴险之人
恨不得天下皆如你们那样疯疯癫癫，你到底欲要何为
才能平息心中的怨恨？”
是吗，我心中有恨吗？如果还有恨，不就意味着还有救！
我知道，作为粮食我要敬重它
但中午我的饭菜里，我不能不吃下它以增加营养
以示生活五谷丰登，人畜并旺

我以凡间之仁持续凡间之爱
这是多么必须

本草拾遗

荷，即莲，莲科，《诗经》里又名“菡萏”，古称“芙蓉”。荷是被子植物中最早出现的植物之一，被称为“活化石”，自古以来是宫廷苑囿和私家庭院不可或缺的水生花卉。汉以前均是单瓣型，到了魏晋出现复瓣荷花，南北朝时期甚至出现了千瓣荷花。

荷很早就进入到人们的文化生活之中。西汉时期出现众多采莲谣曲，隋唐以后，诗词、绘画、雕塑、工艺等荷文化的内容更加丰富，明清的木版年画更是采用“连（莲）生贵子”“连（莲）年有余（鱼）”等吉祥图案，来表达人们的美好愿望。

随着佛教传入中国，作为佛教四大吉花（优昙花、曼陀罗花、莲花、曼珠沙华）之一的莲花，更为人所尊崇。为什么佛要坐在莲花上？据佛典介绍，因为佛法神妙，而莲花软而净、大而香，更能衬托出佛像的庄严纯净。

《红楼梦》中晴雯死后变成芙蓉仙子，贾宝玉在给她的殁词《芙蓉女儿诔》中道：“其为质，则金玉不足喻其贵；其为性，则冰雪不足喻其洁；其为神，则星日不足喻其精；其为貌，则花月不足喻其色。”这可算是对荷花的最高赞美。

“出淤泥而不染，濯清涟而不妖”是北宋周敦颐的名句，自此荷花又成为“君子之花”。不过如果按照今天的情形来看，可谓是“多情明月邀君共，无主荷花到处开”了。

荷
hé

山有扶苏，隰有荷华。不见子都，乃见狂且。
——《诗经·郑风·山有扶苏》

洁净的病，病中的惊艳
这在淤泥中落下腰痛症的女子
为贞洁一词隐忍一生
春天腐烂的剧院，莲蓬冠盖
长袖挥舞
鸳鸯十年。离群索居十年
肩负美名一世
被喝令：不得惹尘埃一颗
君子来采
不得喊疼
蚱蜢舟载悲欢
不得露委屈
绝望中
仍要思无邪

本草拾遗

郁，即郁李，蔷薇科，古代称野李，又称棠棣。鲁迅在《书信集·致山本初枝》中写道："棠棣花是中国传过去的名词，《诗经》中即已出现……普通所谓棠棣花，即现在叫作郁李的。"

其果实可生食，种子称郁李仁，可入药，有健胃润肠、利水消肿的功效。

郁花开得密集，浑身上下都是花蕾，从头到脚被花朵所簇拥，有繁花压树之感。宋人"花昙逢春对晓晖，朱朱白白缀繁枝"说的就是这番胜景，远看灿若云霞，近看又似桃花。花果香气馥郁，花先开后合，花瓣随风飘落时如鹅绒般飘浮。果熟时满枝丹实，小樱桃般宛如悬珠。

"郁"不像是花草名，更像是一个动词所营造的凝重气氛，一个孤独的人独处的情状。

棠棣丛丛，朝雾蒙蒙。北国之花，如今也来南开。

郁

yù

六月食郁及薁，七月亨葵及菽。八月剥枣，十月获稻。

——《诗经·豳风·七月》

你究竟是哪只木桃身上的变种
吹着阴凉的低音喇叭，从繁花走向累累硕果
翅膀越长越笨拙，传说越传越幽暗
花非花，果非果，树非树
花瓣能掩埋院子里那口千年古井
果子能腐烂一座变性的果园
花瓣和果子能使那一声投井的扑通声
变成这世界唯一的一丝活泼

本草拾遗

苓，晋郭璞注《尔雅》谓之为甘草，豆科。以其主根入药，味极甘，被《神农本草经》列为上品，称之为美草。

据说当年甘草的发现是个意外。郎中外出了，妻子见病人着急，只好将用来烧柴的干草冒充草药，把病人打发回去，结果意外地治愈了病症。由于该草味道甘甜，郎中便把它称作甘草。南朝医学家陶弘景将甘草尊为“国老”，并说：“此草最为众药之王，经方少有不用者。”

据测定，甘草中甘草酸的甜度高于蔗糖五十倍，是名副其实的“甜草”。甘草药性和缓，能调和诸药，所以许多处方都由它压轴。传统药方的组成有“君臣佐使”四类药物，“使药”能引导药物直达病变部位，兼有调和作用，甘草就是著名的“使药”，有“十方九草”之说。

甘草的适应性强，抗逆性强，是植物界的抗旱能手，也是抵御风沙的先锋。风沙漫漫的西北宁夏素来就是甘草之乡。如此滋润的名字，还有“美草”之称，却生于此等苦寒之地，令人嗟叹。

苓

líng

山有榛，隰有苓。云谁之思，西方美人。

——《诗经·邶风·简兮》

我曾经对爱撒过娇
我也曾经给虎狼投过毒，送过礼
我还得过一枚用甘草制成的勋章
每天必含一次在嘴里，时间 10 秒钟
用于缓解清晨口中隔夜的苦涩

我常常在早晨醒来无望时
赶紧回味一下生活给予的馈赠
无疑我逐渐投降于它的气味
有病的理想和健康的卖命二者
我还是选择有病的理想，选择“甘苦”的“甘”
而不是“甘心”的“甘”

梓
zǐ

维桑与梓，必恭敬止。靡瞻匪父，靡依匪母。
——《诗经·小雅·小弁》

没有离开过故乡的人是没有故乡的
只种桑树的人没有匹配他的乡情
他建了一座又一座的祠堂
上面都是一些新鬼
头像过于新鲜

他曾经在祖坟上撒过葫芦里的药
但他绝对不是受荫的子孙
他因为在年少时拔除屋后的梓树
没有及时补种，他终生鳏寡
成为一个老无所终的人

他养着一根枯瘦的竹竿
游魂终日骑着荒唐的唱词
当他吐血时
梓树花正开得出奇地茂盛

本草拾遗

梓，紫葳科，《说文解字》认为，梓就是楸。《埤雅》载："梓为百木之长，故呼梓为木王，春夏黄花满树，秋冬荚垂如箸。"从前印刷的刻板多用梓木制作，故称刻印书籍为"付梓"。

《尚书·大传》说："桥者，父道也。梓者，子道也。又桑梓，父之所树。"这个看法许是缘自《诗经》"维桑与梓，必恭敬止"，意思是看见家乡父老乡亲种的桑树和梓树，最容易引起对父母的怀念和产生敬爱之心，要对它表示敬意。

《史记·货殖列传》说"江南出楠梓"，在古时乡间，凡有炊烟升起的地方，大多有桑树和梓树，它们一起掩映着宁静古老的村落，于是"桑梓"成了游荡在外的子弟们寄托乡愁的树木。

本草拾遗

麻，桑科，古代专指大麻，俗称火麻。通常所说的可制毒品的大麻并非所有的大麻，而是专指印度大麻中较矮小、多分枝的变种。这种麻原产于印度，后引种至各国，尤以墨西哥、哥伦比亚、牙买加、美国为多。我国新疆天山以南所产大麻亦为印度大麻，与原产中国供织衣物和榨油的经济作物大麻不同。

大麻的使用最早与宗教活动有关，其次才用于医疗，沦为毒品则是后来的事。印度传说中的毁灭之神湿婆的信徒崇拜这种植物，色雷斯人的巫师则通过燃烧大麻的花，吸取其烟雾来达到灵魂出窍的状态。在现代医学上，大麻常被用来辅助某些晚期绝症的治疗。

早在两千多年前，《黄帝内经》中已有关于大麻的描述；三国时期的名医华佗，曾用大麻做麻醉剂；《本草纲目》中亦有大麻入药的记载。用大麻做镇静剂可消除恐惧、痛苦和不愉快的记忆，即便这种作用是短暂的、易逝的，也足以让很多吸毒者乐此不疲。且尽杯中酒，身前身后事俱抛诸脑后，谁又能说清这种生活态度里的是与非？

麻
má

丘中有麻，彼留子嗟。彼留子嗟，将其来施施。
——《诗经·王风·丘中有麻》

他吃了四肢
接着吃五官
夜色不断交叉搅拌
树叶归于果子
果子归于树叶
他终于是一个温顺的孩子
终于安静下来了

忽听一声闷响，他栽倒在地上
他的幸福就是简短的一声“噗”，嘴角是向上的

这个世界最后的不幸归于麻醉师
只有当另一个麻醉师出现
他才能像一把木锤，与自己相安无事
静静地歇息在墙角

本草拾遗

苕，即凌霄花，紫葳科。除了常见的中国凌霄，还有美洲凌霄、南非凌霄等种类。凌霄花是传统中药材，主治妇科病症，但它主要用于破血消瘀，孕妇服用的话有堕胎的危险，因此凌霄花也有“堕胎花”之称。

凌霄花是木质藤本，枝丫间生有气生根，以此攀缘于山石墙垣或花门棚架，于闽粤南部习见。五月至秋末，绿叶满墙满架蔓延，一簇簇橘红缀于枝头，美艳照人，家家户户都是一座花园，住进去自然就不想出来了。

凌霄花寓意慈母之爱，人们常将其与冬青、樱草结成花束，赠予母亲。很多人认识凌霄花是从舒婷那首著名的诗开始的——“我如果爱你，绝不像攀缘的凌霄花，借你的高枝炫耀自己”。

厦门也有凌霄花，但鼓浪屿古老围墙上攀爬的，更多是与凌霄花极为相似的炮仗花。因此，我私下忖度：生活在鼓浪屿上的诗人是否把炮仗花看成凌霄花了？

苕

tiáo

苕之华，其叶青青。知我如此，不如无生。
——《诗经·小雅·苕之华》

对于他的平步青云，我只有祝词
没有嫉妒
对于他的趋炎附势，我只有冷眼
没有顿首

大地锣鼓喧天，彩旗飘扬
有假设的凌云之志哗然喧腾
软骨病没有治愈，反而更适宜于爬行

本草拾遗

荑，是真蕨亚门里白科植物芒萁的芽穗，嫩而柔，所以《诗经》中称美人“手如柔荑，肤如凝脂”。

《毛诗传》说“荑，茅之初生也”，意思是“荑为刚生出的白茅的嫩芽”。这种说法的依据到底是什么，无从考证。令人生疑的是：《诗经》里多次写到白茅，为什么要另开一字来说白茅的嫩芽？更叫人疑惑的是，白茅的嫩牙和嫩茎披覆绒毛，握在手里有不舒适的抓痒感，女子采白茅的嫩芽来赠予意中人，恐怕不太现实。

再根据闽南把芒萁的嫩苗叫“茅荑”来推测，古代女子赠给意中人的“荑”，应该是山上到处成片生长的芒萁芽穗，而非白茅的嫩芽。芒萁采摘方便，又是秀丽青翠的羽毛状，更适宜当信物。姚际恒《诗经通论》说“荑即‘手如柔荑’之荑，细茅也”，这中间其实有些细微的差异，细茅不一定都是白茅的嫩芽吧？

荑

tí

自牧归荑，洵美且异。匪女之为美，美人之贻。
——《诗经·邶风·静女》

接连多少年
她几乎中断了对山坡的怀想

来偷情的汉子两手空空，他是一个风流的吝啬鬼
他的女人在小心翼翼的偷情范围里
只把三支茅荑藏在背后
前面抱着一个充气的娃娃

谁能放下欲望？谁能折断斜插过来的一双欲望之手

她不上山坡，必有人上山坡
采一大捆荑子下山来
卖给花艺店老板，以增加信物的品种

“山坡呀采荑
你呀别送我倒钩的木戟
歌谣呀快唱完，趁天还没亮呀
你要快快下山去”

第二章

朝饮木兰

《楚辞》里的植物

你有美人，我有香草。

你有楚辞，我有风骚。

别问为什么是这些，而不是那些。

一花叶，一根茎，莫不魂魄交错。

有决绝，亦有美意。

你朝堂之上佩饰忧思苦楚，

我让它宜室宜家。

本草拾遗

佩兰，即《诗经》里的“蕳”,《毛诗传》和《楚辞》里的“兰”,《神农本草经》里的“兰草”，菊科，与兰花无关。

其名源自《离骚》“扈江离与辟芷兮，纫秋兰以为佩”,《楚辞》里列之为香草。《本草纲目》曰：“兰可佩，可浴，可纫。”这充分说明佩兰和日常生活的关系。

屈子芳菲，身佩香茅兰草，特立独行于楚天之下，也只有他的美德能配此殊卉。从这里也可以看出携花带草并非女人专属，想那屈子“制芰荷以为衣兮，集芙蓉以为裳”,“纫秋兰以为佩”，仗剑佩花何其气宇轩昂，慷慨间万千侠骨柔情。其丰姿秀美，才华超群，俨然铿锵美男子也，以“美人”誉之，毫不为过。

佩 pèi 兰 lán

浴兰汤兮沐芳，华采衣兮若英。
——《楚辞·九歌·云中君》

我思来想去，我不过是爱上它的名字
我只是想占有这个名字和它的读音
因此我对人们说
谁拿香气说事，谁就是虚弱
手上一定沾有血腥
在世间戴罪待赎
所以，它是臭的。

臭也不行，也俗。
所以它最后不得已回到香

请原谅，这一切不过是我的虚弱

荪
sūn

夫人自有兮美子，荪何以兮愁苦。
——《楚辞·九歌·少司命》

他脱下长衫，在下游与诸神游戏
并达成纪念日。
死亡就这么简单
顺流而下，就到了那条发黑的河流
一个圆形的蒲团上
一具肉身曾经有过几个俚称

那些剩余的热爱
每天都在煎煮心脏
几乎每个人都在依靠成见存活
屈子也是，阿梵也是
蒲更是。

本草拾遗

荪，即蒲，天南星科，古又名“荃”，今名菖蒲。其植株有香味，故《楚辞》列之为香草类。但在历史上蒲并非特指菖蒲，还有一种蒲柳也简称蒲，又名水杨，多种植于河边及住宅周围。

传说钟馗是用菖蒲剑来捉鬼的，因为菖蒲乃天中五瑞之首，象征祛除不祥的宝剑。其叶片呈剑型，所以方士称它为“水剑 ”，后来这一称谓被引申为“蒲剑”，民间认为它可以斩千邪。闽地端午节时，门楣上挂菖蒲和艾草驱邪避灾，这一天，人们会用菖蒲和艾草沾午时流水擦拭身躯，以此来祭屈原并洁身驱邪。

除了祭祀、辟邪，蒲草在日常生活中也被广泛应用。据《礼记》记载，早在周代人们就用蒲草编织斗笠、草鞋、草席及打坐用的蒲团，直到如今，蒲草制作的各种物件还层出不穷。

本草拾遗

荠，即荠菜，十字花科荠菜属。起源于欧洲，群发于世界各地。其拉丁种名来自拉丁语，意思是“小盒子”，蒴果形状像牧人的钱包，故英语名称就是“牧人的钱包”。

说到荠菜就想到荒年，这饥饿年代的救命草，是上了年纪的人艰苦生活的回忆。最早知道荠菜，是读了张洁的《挖荠菜》，写得甘中带涩，令人回味，自此记住。田间野地都可以见到的身影，现在有了人工培育，集市上水灵灵一扎一扎，看不出野性。

在屈原那里，“故荼荠不同亩兮，兰茝幽而独芳”，荼菜和荠菜都是小人，兰茝是君子。民间不这么看，人们视荠菜为吉祥，用当年荠菜的繁茂与否来预测当年的气候好坏和五谷丰歉。

荠菜性凉味甘，洋洋几十种药理作用、食疗价值和烹饪手法。现代人物质丰富，总是担忧营养过剩，于是拿当年的苦菜炒作，引以为崇尚健康，早已经消失了时代追忆的痕迹。

荠
jì

故荼荠不同亩兮，兰茝幽而独芳。
——《楚辞·九章·悲回风》

苦孩子，野菜王
在田间地头闷着小身子
脸黄肌瘦，嗷嗷待哺

女人却加快脚步离开它
小心她身体里有限的血库
不能被荠菜侵蚀

人们的舌尖越来越钝
对甘苦的品尝不再有耐心
苦命的孩子越来越少
他们在大棚里长得肥硕又呆滞

本草拾遗

木樨，即桂树，木樨科，《楚辞》里列之为香木，广植于庭园及古刹。

桂树因其叶脉如圭而称“桂”，因其纹理如犀而叫“木樨”，因月宫里吴刚伐桂而名“月桂”。三个名字，都有其渊源。

《本草纲目》载:“白者名银桂。黄者名金桂，能结子。红者名丹桂。有秋花、春花、逐月花者。”桂花品种繁多，不浓艳，不雕琢，不矜夸，孤俏素洁，淡雅娴静。用桂花制作的桂花汤圆、桂花年糕、桂花酒、桂花鸭等，都是日常的吃食。

传说广寒宫里吴刚伐桂，有如西西弗斯推石头，桂树随砍随合。如此惩罚，桂树却年年岁岁，为地面上喜欢这个传说的人们常开不败。

吴刚虽然年年伐桂，却未必懂它。真正懂它的人当属王维，“人闲桂花落，夜静春山空”，好个闲来好个空。

桂树列兮纷敷，吐紫华兮布条。
——《楚辞·九思·守志》

伐木工人第二次走过来

行刑队有一把更加漂亮的锯子
一条更加漂亮的理由

行刑队需要幻象的人头
他们开始给香气戴镣铐，穿迷彩服

有许多香在逃
我是在逃的香

我是浮云的游子
忘我地迷路。阴冷的宫阙
我苦于眷恋，却急于消亡
以换取你怀抱里那颗别人的心

以晚年的慈祥，换取一颗原谅别人的心

本草拾遗

菊，菊科。最早菊花叫作黄花，种植只作药用，以后才逐渐培育出各种观赏菊种。从宋代开始出现一年一度的菊花会，清代以后有了门窗贴菊、头上簪菊，以解凶秽、招吉祥的习俗。

宋代《全芳备祖》记载菊花“苗可以菜，花可以药，囊可以枕，酿可以饮，所以高人隐士篱落畦圃之间，不可一日无此花也”。因此，在南山边的东篱下饮酒赏菊，就成了风雅之事。从那时起，菊就做了花中君子，被一代代失意的文人骚客写入诗，绘进画，掩藏在发黄的书册中。菊因陶潜而名世，陶潜与菊，菊与陶潜，不知谁成全了谁，又是谁给谁以慰藉。

“菊花残，满地伤，你的笑容已泛黄，花落人断肠……”今日的流行音乐，倒是给菊花增添了几分伤感气息。

请享用它们吧：菊花酒、菊花茶、菊花糕、菊花羹、菊花膏、菊花枕……

菊
jú

朝饮木兰之坠露兮，夕餐秋菊之落英。
——《楚辞·离骚》

它掠过秋水，有两次矜持
它吞金，跌落于伤寒

小心它的隐逸，它的渴念
忌讳，违抗

我用药香打击风浪

我藏有药香
它藏有风浪

本草拾遗

扶桑，又名朱槿，锦葵科，叶如桑而非桑，其花大色艳，花期终年不绝。

古时，扶桑在不同地区有不同称谓：甘青地区称若木，陕称空桑，晋称榆，豫称建木，齐称扶桑。上古，扶桑已成为中华文化的一个重要象征，代表中国先民的宇宙观。扶桑被视为宇宙树，通往天庭的"天梯"，三星堆墓葬就出土过象征扶桑神树的青铜器，表示墓主的灵魂缘扶桑木可以升天。

汉代王逸为《楚辞》注释："日出，下浴于汤谷，上拂其桑。"《说文解字》云："扶桑神木，日所出。"日出于扶桑之下，拂其树梢而升，二者皆承袭古老的传说，把扶桑当作日出之处，并视之为神木。这样便构成一幅美妙的图画——扶桑树上悬着数个太阳或数只太阳鸟，散发出灼人的光芒。

日出东方，此后，扶桑又被引申为东方之意，成为日本的别称；但现在仍存异议，有人认为扶桑应指墨西哥。经后人一再释读，扶桑成了一个难以捉摸的名词，演绎出一套繁复的阐释体系。在这样的词语迷宫里，恐怕博尔赫斯也会迷路吧？

扶 fú 桑 sāng

饮余马于咸池兮，总余辔乎扶桑。

——《楚辞·离骚》

我常因它的艳丽生愤
它在上旬煞有介事念着戒律
在下旬大肆怒放
中旬偷偷结伴游历
哪里的怀抱空了，就往哪里钻
哪里的谣传盛行，就上去哼一小段
万里外，一个戏班西渡而来
演戏间隙问起这个女子
没有人见过它的羞耻
没人听过它提起故国

本草拾遗

杜若，又名若，即高良姜，姜科山姜属。明白地说，它就是一种姜。如果问杜若是什么，相信知之者甚少。杜若像个城市少女，而高良姜则是农村娃。一个农村娃到了《楚辞》里，换了个充满文青气质的笔名，甚至，干脆直接叫它若，像小说的女主角。

有人认为杜若是鸭跖草科不具备香气的杜若，但根据《楚辞》里把植物分为香草和恶木的特点和“杜若”出现的位置与语境来看，它显然不是开白花的普通鸭跖草，有诗句为证：“山中人兮芳杜若”“怀兰英兮把琼若”“自前世之嫉贤兮，谓蕙若其不可佩”。

在这种情况下，还可借助古籍来印证。《本草纲目》说“以大者为高良姜，细者为杜若……楚地山中时有之”，《本草图经》也说“杜若似山姜”。现代《植物名实图考》认为此物乃“滇中豆蔻耳”，而豆蔻与高良姜恰恰都属于山姜，植株含有香味。由此推断，杜若应是高良姜。

既是高良姜，它的效用与其他姜类差不多，兼药用和香料身份。盛产于广东海南一带。

杜 dù 若 ruò

采芳洲兮杜若，将以遗兮下女。
——《楚辞·九歌·湘君》

允许只喜欢名字而不知其谁
允许不吃姜的人张口吹辣
香草在朝堂之上发出幽香
左边人手里也许正按住一把恶剑

杜若，杜若
于是环佩叮当。美少女有一点儿羞涩
有一点儿辛辣。她收敛腰肢
她藏匿本名

来吧，允许她更坏一点儿
某年春天——
追忆以一条溪流为源头
日月一直醒着
看不见远山
只有暗暗渗透的芬芳
只有一路暗藏的芬芳

本草拾遗

木兰，木兰科，又名白玉兰、玉堂春、望春花。其木质坚韧，肌理细腻；花朵硕大，白色为多。由于先开花后长叶的缘故，早春开花时节，你看到的是一株白花花的花树，轰隆隆地开进春天，犹如雪涛云海，蔚为壮观。

就开花的气势和不顾一切的恣肆，玉兰堪称大气霸道，莫不是占尽满庭芳。古人常在厅前院后栽种玉兰，厅堂直接唤作“玉兰堂”，亦在庭园路边、草坪角隅、亭台前后或漏窗内外、洞门两旁等处孤植、对植、丛植。颐和园有大片白紫玉兰，花开时节一片芳菲，一派雍容富丽的皇家气派。

白木兰跟紫玉兰是同科属的两姐妹。还有一种二乔玉兰，是白玉兰和紫玉兰杂交的品种，其花白中带紫，紫中泛白，是城市绿化常用的花木。

木 mù 兰 lán

朝搴阰之木兰兮，夕揽洲之宿莽。
——《楚辞·离骚》

硕大无朋的吃人的花朵，先吃掉天空的一角
再吃掉母体上的叶子
紫药水涂抹的下午
树枝看起来是害臊的
树干是无畏的
由它们制作的免费小荫凉是突兀的
暴涨的花朵堵塞天空
眼里全是生涩的纸蝶

本草拾遗

橘，芸香科。古诗文里的“柑橘”，是柚、柑、橘、橙等柑橘属水果的总称，均属南方果品。

中国人视橘为吉祥物，语音上“橘”与“吉”音近，所以以橘喻吉。不管旧俗今俗，新年时，将金橘盆景置于厅堂或案头，都象征着吉祥如意，预示一年顺遂。民间还认为：金橘可兆财运，四季橘能佑四季平安，将朱砂红橘挂在床前，喻“吉星拱照”。

柑和橘这两个名称的使用历来混乱，实则两者是不同的果树，果皮橙红易剥者为橘。《晏子春秋》说：“橘生淮南则为橘，生于淮北则为枳。”是以强调一方水土养一方树。

英国还有个“柑橘文学奖”，是专为全世界女性作家设立的文学大奖。

橘
jú

后皇嘉树，橘徕服兮。受命不迁，生南国兮。
——《楚辞·九章·橘颂》

谁赋予你巨大的生育力

谁赋予我生猛的质问权利

这田亩里的繁殖机器，使人叹息
无数台榨果机正在等待，使人叹息

你拖儿带女奔赴枝头
无端的硕果，使人沉重
我的怀抱如此荒凉
摸着这些分泌柑橘油的头颅
我怕我是已经杀死了自己的欲望了

本草拾遗

蒺藜，即《楚辞》里的“薋”，《诗经》里的“茨”，蒺藜科，蔓状草本，生于荒地。该物种为中国植物图谱数据库收录的有毒植物，《楚辞》称之为“恶木”，用以喻小人。

蒺藜的叶子似乎会害羞，贴地生长，成熟之后像土地的颜色，难以辨别。坚硬的蒺藜果实，一果分成五个分瓣，放射状排列呈五棱状球形，每个分瓣上有长短棘刺各一对。蒺藜果实的形象，也是传说中的江湖暗器“蒺藜了”的来源。

蒺藜的故事里没有喜悦，它让人更深地看到坚硬外壳下那个脆弱的自我。它轻轻划过，带给生命小小的伤口，犹如苦心烧制的瓷器上突然现出的细微裂纹。

种桃李者得其实，种蒺藜者得其刺，这多是已走入局中的人自责的叹息。

人的一生，会有很多蒺藜，在你麻痹大意或顺风顺水时出现，给你一点小教训，扎掉你的张扬和浮躁。《神农本草经》说蒺藜还有别名曰屈人、止行，真是形象万分。

蒺 jí 藜 lí

江离弃于穷巷兮，蒺藜蔓乎东厢。
——《楚辞·七谏·怨思》

把赞词献给它
还是撤销不了它对障碍的热衷
它一脸孤愤
以把玩计谋掀人落马为娱

灰鼠在上面快活地跳跃
（灰鼠穿着一双橡胶旅游鞋）
人在人造水泥地上滑翔
一座红色欢乐场的兴建
增设多种猎取功利的设备
白骨发出耀眼的磷光
照亮野外繁荣的养殖场

第三章

苔深不扫

唐诗里的植物

取道唐人的旧路，
也可以找到抚慰今人的山径。
在唐诗的夹页里，我找到它们，
一个人的好恶，也是一个人的偏见。
它们或缥缈神秘，或凝香而立，
一呼一吸，一颦一笑，
都出自机缘巧合。

本草拾遗

女贞，木樨科，《本草纲目》等古籍里称“冬青”，《楚辞》里称“桢”，列之为香木。女贞属常绿灌木或小乔木，广泛栽作绿篱并供观赏，其果实称女贞子。

作为树种，女贞其貌平平，但“女贞”一名却听上去颇有封建气味。在刘索拉的小说《女贞汤》里，有一味药叫“女贞汤”，于子时午时饮下，即可杀妇人阴烈之气——造出个淑女来保夫妻和睦共处，想来这“女贞”是男人的最爱。

另有一说，女贞原为鲁国一女子的名字。《艺文类聚》载：“女贞之树，一名冬生。负霜葱翠，振柯凌风，而清士钦其质，贞女慕其名，或树之于云堂，或植之于阶庭。”

到了明朝，浙江都司徐司马曾下令杭州城居民在门前遍植女贞树。个人之好，施行于民，原是强行，却因所施是一桩绿化美事而被乐道。

女贞

nǚ zhēn

千千石楠树，万万女贞林。
——李白《秋浦歌》

春日，有什么事发生，而女贞未知？
横截过来的力量，是园丁的热情，还是剪刀的热情？
隔着人行道，在左边散步的人，被在右边散步的人强化着
步子迈得更碎了。矮绿篱却坚持蹲着
你不知道，它委身于那道矮墙
需要忍受多少胯下之辱

一个身影在大楼阴暗处消失时
我正好再次写下与去年相同的句子：
“割草机安静着，而女贞树有一颗经过掩饰的
狂跳的心，它掌握着午休的园丁全部的骚动。”

本草拾遗

荆，马鞭草科，又名牡荆。荆于福建山间荒野常见，丛生，枝条柔软，可编筐篓；有异味，牛羊不食。

“翘翘错薪，言刈其楚”之“楚”，就是山间荒地里纠缠成丛、尖刺满身的荆棘。如果寻根溯祖，楚国先君以“荆”为国号，因此“荆楚”被并提，由此也可想见当年披荆斩棘建国立业的艰辛。

古时荆与楸被视为刑罚的象征，用荆条作刑杖，于是有了“负荆请罪”的故事。贫妇以荆作发钗，为“荆钗”，故旧时男子谦称妻为“拙荆”。

荆常与棘混生于贫瘠之地，因此有“荆棘丛生”之语。苦难，伤痛，每个人一生中都会遭逢荆棘般的事物，需要勇气去接纳和超越。

荆

jīng

涧底束荆薪，归来煮白石。

——韦应物《寄全椒山中道士》

一条封喉的锁链，一场追问
吃掉掌心的肥硕之虫，又赶回去吃掉穷人地里的荨麻
它曾使用腰肢，成功编织刚直的松柏的绞刑架
它反绑的圈套，使挣扎者陷进更深的死结

本草拾遗

菩提，桑科，又名毕钵罗树、觉树，是印度国树。梁武帝天监元年，印度僧人智药三藏从西印度引种于广州光孝寺，到如今云南西双版纳已经遍植菩提。

“菩提”一词为古印度语（即梵文）bodhi 的音译，意思是觉悟、智慧，以指人修证到一定程度忽如醍醐灌顶，豁然开悟，达到超凡脱俗的境界。相传释迦牟尼于菩提树下静坐七天七夜参悟成佛，菩提遂成佛教圣树。有寺庙的地方就有菩提，一叶一菩提，一叶一如来。

将菩提叶片浸于寒泉，洗去叶肉，可得清晰透明、薄如轻纱的“菩提纱”，用作书签，可防书蠹。

菩提叶如心，菩提亦有心，万物皆有心，只在用何心。

但也许菩提本无树，此树非菩提，菩提在心中。

菩 pú 提 tí

天香开茉莉，梵树落菩提。
——李群玉《法性寺六祖戒坛》

人如牢狱
要到里面去签到，并沉默于一只钟磬的聒噪

庙宇空阔，人影绰绰
墙上明镜照见他们的冷脚尖，照见他们渐行渐瘦的明日
俗世的断肠草越发茂盛了
再也来不及了！
他扯下头饰，在一个发胖的女人身上
果断地放下一子一女

他的尽头，已然漆黑一片

本草拾遗

苜蓿，豆科，其中最负盛名的当属紫花苜蓿。紫花苜蓿被称为“牧草之王”，原产西域，汉代由张骞从大宛国带回种子传入中原，生长于旷野田间，如紫云英一样，可作绿肥，是最上好的马料。

魏晋《名医别录》说:“苜蓿，安中利人，可久食。”显然时人已将其当作野菜的一种，唐人也说“苜蓿、勃云英皆可为生菜”。据说张骞当年既带回苜蓿种子，又带回葡萄种苗。苜蓿被放逐于贫寒之地，葡萄则被用来酿成美酒，二者贫富对立的意味，诚如陈与义《道中寒食》所说的“刺史葡萄酒，先生苜蓿盘”。

苜蓿渺小不起眼，矮小纤细的茎脉，开满紫花的枝丫，都朴实无华，清微淡远，不事张扬。它的生命力顽强，即便在冬天，深藏地下的茎蔓也不问北风是凉是热，一心一意徐徐蔓延，平常而自在。

苜蓿的味道微涩略苦，食之能够润肺清火。除此以外，它还是盐碱地等贫瘠土地的福音，能够护坡防沙。难怪苜蓿的花语是“幸运”。

再叹造字者有七窍玲珑心，“苜蓿”二字音形俱美，轻吐舌唇间念出，顿觉绿云绕鬟，花开满畦。

苜 mù 蓿 xu

苜蓿随天马，葡萄逐汉臣。
——王维《送刘司直赴安西》

如果是在七月，就搬开石头说话
去码头寄旧梦和一叠空信纸
在草料场与两匹白马度过恍惚的白日
把抄写的账单放进流水

你的长相仅仅是一个仪式
有一些小脾气，胆怯地害着病
在夜半的院子里偷偷落魄
喊我年轻时的昵称，一畦一畦地喊过去
肝肠寸断地喊过去
声音被吞噬了，还在喊
这种怀念复习了十几年
脸色越来越发紫

本草拾遗

槐，即国槐、家槐，蝶形花科，和洋槐（刺槐，豆科）异。

夏王朝最辉煌的顶峰在帝槐时期，此时国力鼎盛，四夷宾服。加之槐树在夏季开花，因此夏人就将黄色的槐花作为国花。

《周礼》记载，周代宫廷外会种植三棵槐树、九棵棘树，三公九卿依次坐在下面。因此“槐棘”在后世代指三公九卿之高位。汉代以降，皇宫衙门多种槐，认为其代表“禄”，所以槐又有“宫槐”之称。

槐的树干高大壮硕，冠大荫浓，寿命绵长，故有“槐树精”的说法。它还被看作“灵星之精”，有公断诉讼之能。《春秋元命苞》云:“树槐听讼其下。”注称“怀之言归也,情见归实也”,有“槐下听讼可使案情归实”之说。

槐树在中国庭院中常见，因院子里有槐树，院子外有桑树，妇人才能顺手指桑骂槐。

槐
huái

绿槐夹道阴初成，珊瑚几节敌流星。
——顾况《公子行》

每日清晨，必有人在清凉中喊他起床
吃红枣和断尾的流星，敲木鱼撞晨钟
汉宫山光水色，他只管风中听讼
或闻烹调器皿铿锵
把旧唱词唱得七零八落

活得如此传神！

他是上一首诗里桑的夫君
身上藏有信物珊瑚绿鞭子
和几滴发胖的白露
糟糕的是，我更愿意把他看成是我那银髯的祖父
固执得要命
一生只肯有三个时期：漫游期，歌咏期，消声期

曼 màn 陀 tuó 罗 luó

天雨曼陀罗花深没膝，四十千真珠璎珞堆高楼。
——卢仝《观放鱼歌》

怎么区分有毒和无毒的人
走在人行道的，还是走在快车道的

有时左边多一点，有时右边多一点
无凶无恶者，许是携毒的逃亡者
无毒的人，许是不忠者，穿马甲的小人
分心于舞蹈家螺旋状的肚脐，而非舞蹈本身的完美

他是怎么遇上曼陀罗的
他是怎么摘下曼陀罗的
他起初闷闷不乐在回忆
后来忘记他在回忆

有人继续号啕，有人继续热恋
有人顶着月光在漂白的道路上
羞愧难当

有人抒情，有人呵斥
有人醉死在异乡明晃晃的街灯下
只有曼陀罗，空洞得只剩下一只大喇叭

本草拾遗

曼陀罗，茄科，别名洋金花、枫茄花等。草本、木本皆有，民间俗名大喇叭花，野生于田间沟旁和河岸。全株剧毒，有镇痛麻醉功能，古代麻沸散、蒙汗药即用曼陀罗提制而成。

曼陀罗是梵文 mandala 的音译，以聚集为本意，指一切圣贤、功德的聚集之处。它意喻洞察幽明、超然觉悟、幻化无穷的精神，因此成为密宗重要的象征符号。

品花家称曼陀罗花为“恶客”，说它是情欲之门的门环。艳丽的花朵充满诱惑，人的心性在它面前容易迷惑，沾染邪气。这样一来，曼陀罗又成了阴郁邪恶的源头。

在霍桑《红字》第一章，那幢丑陋的监狱前出现曼陀罗是不足为怪的，因为绞刑台就在附近。人们围在那里羞辱和惩罚着隐秘生育的海丝特·白兰，她一头漂亮的黑发，既象征着死亡的羞辱，也隐喻着曼陀罗挫败阴谋和助人得救的可能。

本草拾遗

茱萸，落叶小乔木，又名越椒、艾子。茱萸有三种，一种山茱萸科山茱萸，一种茴香科吴茱萸，还有一种茴香科食茱萸。吴茱萸因产于吴地（今江浙一带）而得名，三种都是古代民间常用的防疫药。

茱萸雅号“辟邪翁”，古人认为重阳佩茱萸可驱邪避灾。这种风俗始于汉高祖刘邦时期，其宠妾戚夫人于每年九月初九头插茱萸，饮菊花酒，食蓬饵，登高眺远，出游欢宴。到了唐代，此风蔚然。重阳这一天，采摘它的枝叶，连果实用红布缝成一小囊，或佩戴于臂，或放在贴身处，还有插在头上的。大多是妇女儿童佩戴，有些地方男子也佩戴。宋代还有将彩缯剪作茱萸、菊花来相赠佩戴的习俗。直至民国，一些文人秋季聚会请帖的常用款式仍为：“某月某日，登高萸觞，候光。”

《本草纲目》记载，茱萸“辛辣蜇口惨腹，使人有杀毅党然之状”。其微毒，有除虫作用，制茱萸囊的风俗由此而来。屈原在《离骚》里视茱萸为恶草，或许也与此有关。

自王维写茱萸后，茱萸成了忆念兄弟的寄托。登高无茱萸，便少了古意。

茱 zhū 萸 yú

遥知兄弟登高处，遍插茱萸少一人。
——王维《九月九日忆山东兄弟》

是夜，双耳灌进呜咽的山风
登高处四顾茫然
那个男子脸色凝重，行色匆匆
似刚从山之东过完清明，在断魂的细雨里
快速穿城而过，前往河之南
树叶乌绿，曙色娇羞
禁忌带来对离愁的迷恋
以至于我闻到了他身上生离烧焦的铁锈味

其实，一对兄弟
天南海北活得宽阔，长命百岁
最后各自安然死于金玉满堂，儿孙满堂

今天登高有三人，无人插茱萸
特记

本草拾遗

丁香，木樨科，为观赏丁香，和药用丁香（桃金娘科）是两种不同的植物。初春，丁香浓香馥郁，花缀全城。硕大繁茂的花序，优雅调和的花色，丰满秀丽的姿态，紫、白、黄、粉各色争奇斗妍。丁香单朵纤小文弱，花筒稍长，故给人以未曾尽放之感。花未开时，其花蕾密布枝头，称丁香结。

自唐宋以来，诗人常以含苞不放的丁香花，比喻夫妻、情侣或友人间深重的离愁别恨。陆龟蒙有“殷勤解却丁香结”之句，宋代王十朋称丁香“结愁千绪，似忆江南主”，自戴望舒之后，丁香更是成了愁怨的姑娘。

不过历代咏丁香的诗，大多典雅庄重、情味隽永，倒并非一味的愁苦。紫气弥漫，香气四溢，其实从外观上来看，丁香也并不全是一副愁思郁结的颓废模样。

与中国人相比，法国人看待丁香的态度迥异，“丁香花开的时候”在法国意指气候最好的时候。那时，想必大多数法国人怀拥美人手持美酒，已经走在漫游的路上了。

丁 dīng 香 xiāng

芭蕉不展丁香结，同向春风各自愁。
——李商隐《代赠》

又翻过去了，一个深渊般的春天
那日日愁肠百结的哀怨，都指向虚无
和一次次短暂的失败的审美
老去的丁香。沉沦的四月
春光爬上断头台
我洗脸，朝向生
我化妆，朝向死
伸手必自捉

本草拾遗

紫薇，千屈菜科紫薇属。紫花叫紫薇，白花叫银薇，红花叫赤薇，还有少见的紫中带蓝叫翠薇。

说起来，紫薇是花树中最璀璨的一种，能称作花树的还有木棉和美人树。一般说，开炫彩花朵的大多是小灌木，乔木的花不管从花色或花型大多不耐看，花是一棵大树的次要部分，难以起到以花饰景的作用。紫薇却跳脱而出，把花开得张扬高调，满树艳丽灿烂。街道两旁若是种的紫薇，夏天花期一到，整条街流光溢彩，美艳绝伦。当花谢结果，满树蒴果，常被误为果树。

以上所述乃大花紫薇。至于小花紫薇，不过灌木小丛状匹配小朵花，依然称得上幽柔华丽。

紫薇有个绰号，叫痒痒花，因为花繁枝软，风一吹就花枝乱颤，所以紫薇就是个女人。她还有快速自动更换细薄树皮的能耐，看起来好像不曾有过树皮，不曾老过，皮肤一直是那么的莹滑光洁，这个特点要是人类能够拥有，是否就没有“苍老”一词？

紫薇和紫微，这是两回事。岑参那句“联步趋丹陛，分曹限紫微”里的“紫微”，是唐朝的中书省一职，所以白居易还有一句“紫薇花对紫微翁，名目虽同貌不同”。紫微还是星座名和皇帝所在的都城名。

紫 zǐ 薇 wēi

独坐黄昏谁是伴？紫薇花对紫微郎。
——白居易《直中书省》

星斗巡视一遍
这颗最亮
天有紫微
地有紫薇
烟花里看人间景
尔后俗艳而死
也是一种风流

她怕痒，咯咯咯地笑
抖着身子花枝乱颤
紫薇花对紫微翁
帝王星对尘世花
莫不是一种风流

本草拾遗

黄连，毛茛科。其根如鸡爪，节如连珠，味极苦，能够泻火解毒，《神农本草经》列之为上品。南朝文学家江淹作《黄连颂》云“黄连上草，丹砂之次”；南朝宋书画家王微作《黄连赞》曰“黄连味苦，左右相因。断凉涤暑，阐命轻身”，将其功效提到了很高的层次。

如有旺盛心火，请饮一杯黄连水。虽然如此，苦寒之物，岂可久服？

从生存环境而言，古代野生黄连的分布并不广泛，采集也不容易。《荥经县志》上说“采之者裹粮负绳，露宿穴居，望其山有连者，色必光润，倚古木藤以绳系身，攀援而取”，由此可见采集黄连之艰辛。

你有多苦？莫如黄连。苦大仇深的孩子——这名字听来就有涩意，令人难忘。

黄 huāng 连 lián

死恶黄连苦，生怜白蜜甜。
——寒山《全唐诗》

他的悲愁在镜中结莲
殚精竭虑如何活得更像人
而非过江之鲫
漂浮之桴

若干年来，我所认识的苦，比甜更撩拨人心
它眉张目举，浸肝肠，侵六腑
这是它在人间最得意的败笔
是无名肿痛经过一道闪电锯开后
笑嘻嘻的伤口

本草拾遗

豆蔻，姜科，别名白豆蔻，此外有草豆蔻、肉豆蔻几种。白豆蔻与草豆蔻都属土生土长的物种，唯肉豆蔻是舶来品，原产东南亚。豆蔻种子辛凉微苦，可去膻腥味，为菜肴提香。

“我家有女始豆蔻”，喻指十三四岁的女孩；“屈指数豆蔻，须臾我即离”则描述一个痴痴数着豆蔻，为了珍惜剩下不多的时间的人。豆蔻即相思。

《本草纲目拾遗》提到：“白豆蔻，其形如芭蕉，叶似杜岩，长八九尺而光滑，冬夏不凋，花浅黄色；子作朵如葡萄，初出微青，熟则变白，七月采之。”豆蔻不仅寓意深远，就连注释也如此美妙。

据说农家女要到地里去抚摸每枝开花的豆蔻，否则它就不结果，这似乎是它要沾妇女生育能力的光。但你可别被这传说给骗了，真实的原因是因为豆蔻一反众草常规，雌花在上，雄花在下，蜂蝶都不喜欢往低处飞，如此便失去了不少天然传粉的机会，需要人工授粉。

豆蔻梢头女儿香。如豆蔻般不俗的物什，还有古龙武侠小说里描写的“天香豆蔻”。楚留香的这味神药不仅让天下少女闻之迷醉，还能够起到起死回生的功效，实属江湖人士之必备良品。

豆 dòu 蔻 kòu

娉娉袅袅十三余，豆蔻梢头二月初。
——杜牧《赠别》

她有简单的情爱观和容易受伤的情怀
有不可遏制的逼人的青春
和待考的未来
有奶牛乳袋里发胀的腥臊
她青梅尚涩。

可你是否留意到月经提早把她逼向孕妇的隐痛
一个少女要演习几个腐烂的大夜
才会变成今天无动于衷的妇人

本草拾遗

荻，即《楚辞》里的“萑”，禾本科，别名芦竹、荻竹、芦荻根。沙滩堤坝乃至低坡高岗，均可见它们簇拥丛生的影子，植株淡紫柔软，散发淡淡的草香。其叶可编席箔，花可制笤帚，秆可做芦笛。

芦苇、荻竹、蒲苇三者容易混淆。春夏时节，蒲秧似茅，芦苗类粟，荻竹则一如水竹，皆各具神韵。而一俟秋天，三者竞相抽穗扬花。秋风吹过，远近高低起伏，茫茫苍苍，但见花穗俯仰，花絮纷飞，此情此景，不知倾倒多少骚人墨客。

不信你看：那瑟瑟的荻花，从一千多年前的浔阳江边开始，一直往北，开遍山河大地，已经开到了每个人的眼底、心里。

荻

dí

浔阳江头夜送客，枫叶荻花秋瑟瑟。
——白居易《琵琶行》

水边老少年
镜中小迷茫

我，一个日渐萧条的人
对隐身其中的细腿丹顶鹤孤独的身世
一无所知

隔年的积雪还待在床上
白头翁业已发疯
生这么突兀，又快速地被一双手抹平
太深了，太浅了
蹲也不是，站也不是

本草拾遗

琼花，忍冬科，又名聚八仙，春末花朵缀满枝头，数朵五瓣大花环绕着中间珍珠似的小花，其白如雪，其色如玉。秋季果实累累，红彤彤的一片似火在枝头燃烧。

扬州琼花最负盛名，历史上出现过“三春爱赏时，车马喧如市”的赏琼花盛况。传说隋炀帝就是为了到扬州赏琼花，下令开凿了大运河。但当运河完工，隋炀帝乘龙船抵达扬州，琼花却被一阵冰雹摧毁了。接着各地的农民起义相继爆发，隋政权崩溃，隋炀帝死于扬州。《隋唐演义》第四十七回“看琼花乐尽隋终，殉死节香销烈见”，讲的就是这段山河倾覆的末日光景。

欧阳修在扬州任太守时，曾称赞琼花是举世无双之花，并且在琼花观内题下“无双亭”。北宋仁宗皇帝还曾把琼花移到汴京御花园中，谁知日渐枯萎，只得将其送还扬州；南宋的孝宗皇帝又把它移往临安，逾年而枯，只得再次送还。回到扬州的琼花，皆枯木复苏。从这两个故事看来，琼花是种念旧的植物。

琼 qióng 花 huā

梅含鸡舌兼红气，江弄琼花散绿纹。
——元稹《早春寻李校书》

聚在枝头闹春
野猫一样不能自禁地发情
左嗅一嗅，右嗅一嗅
或聊些爆笑的绯闻
吹吹风，期待野蛮的事发生
擦着空气，嘴唇对嘴唇切切嘈嘈
往身上抹鲸油
恩宠有加。在旧街角设有销魂的别宴
一去没影踪

本草拾遗

石榴，也叫安石榴，石榴科石榴属。自家庭院种上一棵石榴，满树榴花给人红红火火过日子的好盼头。在闽南，逢喜事做年糕，会在年糕上置一小片红纸，在红纸中间插上石榴枝，有花蕾的石榴枝最好了，看着就是特别吉利的样子。新人结婚，新娘头上必插石榴枝，夫家的窗户上也要别上石榴枝，新房案头放一颗露出密密实实榴籽的石榴，寓意多子多福。因为石榴寓意好彩头，宋人用石榴果裂开时的籽粒数量来占卜科考上榜的人数，谓之“榴实登科”，意指金榜题名。在飞檐斗拱之间，锦绣袍服之上，绘一团石榴缠牡丹图案，象征百子繁衍、富贵吉祥之意。

至于“拜倒在石榴裙下”是怎么回事？说是喜欢石榴花的杨贵妃太受宠，大臣们看不惯，唐明皇下旨要求大臣们见贵妃要行跪拜礼，臣子们只好每见都得拜倒在她那绣着石榴花的长裙之下。这个故事还真说得过去,姑且听之。我更相信石榴花开像女子的红裙,梁元帝又有诗句为“芙蓉为带石榴裙”，所以男子被女子所征服，就“拜倒在石榴裙下”。

五月榴月，六月榴火，说的就是它的花期，绿叶葱翠之中燃起一片火红，也有少量黄石榴花和白色石榴花。赏过花的三个月后，果实悬挂枝头，口味有酸有甜。

顺便一说，石榴是石榴，番石榴是番石榴。

石 shí 榴 liu

曾是寂寥金烬暗，断无消息石榴红。
——李商隐《无题》

那么多的孩子啊，住在同一个房子里
那么多的房子啊，住着更多的孩子们

闹腾腾的，叽喳喳的
有抿嘴的，有咧嘴的

有多少条石榴裙，就有多少个拜倒者
有多少个拜倒者，就有多少条石榴裙

这树上的红灯笼如意结
这不折不扣的中国元素
他们是金玉满堂里的多子多福
闹闹腾腾，叽叽喳喳
满怀满抱，欢天喜地

本草拾遗

芙蓉，此指木芙蓉，锦葵科，又名拒霜花，与木槿、扶桑是近亲。

芙蓉最早为莲花的别名，《离骚》“制芰荷以为衣兮，集芙蓉以为裳”里的“芙蓉”即莲花，乃水芙蓉而非木芙蓉也。

木芙蓉朝开暮谢，一天能变换多种颜色，以群植最为壮观。有醉芙蓉者，晨粉白，昼浅红，暮深红。因一日三变其色，又名“三醉芙蓉”。有时四五种颜色一起开在同一棵树上，花朵看上去似真似幻。不过芙蓉以临水为佳，若植他处，则无此等韵致。

相传芙蓉花神乃宋真宗的大学士石曼卿。宋时盛传在虚无缥缈的仙乡，有一个开满红花的芙蓉城，石曼卿死后，仍然有人遇到他。在这场恍然若梦的相遇中，石曼卿称自己已成为芙蓉城城主，后人因而尊石曼卿为芙蓉花神。

“二十四城芙蓉花，锦官自昔称繁花”，据说孟蜀后主在成都城里遍种芙蓉，每至秋天，四十里如锦绣。成都也因此被称为锦城、蓉城，这才有了“二十四城”之句，再现了李白所描写的“水绿天青不起尘，风光和暖胜三秦”的成都景象。

芙 fú 蓉 róng

秋风万里芙蓉国，暮雨千家薜荔村。
——谭用之《秋宿湘江遇雨》

夏日，纸制的花朵飘零
容貌在崩溃。
一辆婴儿车蓦地从小区一角推出
一张未定型的婴儿脸
使一具中年的肉体顷刻坍塌

揪心的日月
你心怀不甘，潜心钻研驻颜术
在整容过程中
多次索要镜子
你这日薄西山的妖精
如果不想太快老去
就得考虑如何驱赶床下那只彻夜窸窣的尖鼻鼠
考虑如何驱赶那只毁誉参半的纸鹞子
它时不时从树丛掠过
带来不舒服的波颤

本草拾遗

苔，与藓异，植物分类学有苔纲和藓纲，苔类比藓类柔弱，更喜阴湿。古书所提的“苔”多数不是植物学定义的苔藓植物，所包含的种类应该更多。在植物界的演化进程中，苔藓植物代表从水生逐渐过渡到陆生的类型。

苔是隐花植物，靠孢子繁殖，根、茎、叶不明显，春暖时抽丝发苔，如绒般柔软，颜色苍翠欲滴。青苔生活在荫凉潮湿的地方，阳光无暇顾及，似乎也不屑扫过那些个角落。青苔却不在意，依旧或浓或淡地绿着，绿得鲜活，绿得招摇。清代学者袁枚曾有诗“白日不到处，青青恰自来。苔花小如米，也学牡丹开”，说的就是青苔这种逍遥自适之姿。

傣族传统饮食，最令人称奇的莫过于吃青苔了。傣族不仅以孔雀、大象为吉祥物，也是一个热爱青苔的民族。

苔是最贴近土地与水源的植物，虽卑微如尘，却最真实地俯身于大地和众生。

苔
tái

苔深不能扫，落叶秋风早。
——李白《长干行》

他无声地滑倒
叶绿素擦青了半边脸
他爬起来，滑倒，爬起来，滑倒
如此反复着，加大着动作的幅度
直至无法夸张

白云高耸，台阶映碧
阴险的密谋者
由于长期的潮湿，培养了许多出其不意的小花招
施阴的手段虽不高明，却十分奏效
它轻易地就把你推演成阶下囚

他就这样陷入困境
只好装作若无其事
坐在地上慢慢掰着日月的碎屑
看人间纷纷人仰马翻
在一团漆黑的陷阱里
让湿气也同期养活他身上携带的生机勃勃的病菌

本草拾遗

栀子，茜草科，又名枝子、黄栀子、水横枝、越桃、白蟾、玉荷，是珍贵草药。其果实金黄，可做食物、染料。

栀子这个名字清新朴素，它白衣绿萼兼黄蕊，花具香甜味，散发不妥协的郁烈气息。

老妇人喜欢把一朵栀子花别在霜鬓上，走家串户，老来弥香，日子过得安宁温和；更多时候她们会将其置于枕畔闻香入梦，能一夜安睡到天亮。

经过一条街口时，听见一阵叫卖："栀子花哎——栀子花……"就知道初夏到了，花事正浓，满街的芬芳馥郁一路飘过来。

南京或福州，夏天的街道上，常有妇女挎篮穿行在路中间，篮子里是带露的栀子和串成项链的白玉兰、茉莉花，芳香满街。即便她站在街心扰乱了交通，也会因为这花香而被原谅吧。只见行人满足地吸吸鼻子，从她的身边轻轻地绕过，或停在路边买上一串挂在脖子上，比得到黄金白银还要喜悦满足。

栀子花花期将尽时，还余香盈袖，散发出清静而绵柔的气息。但是，栀子亦是一种需要距离的花，不可近之深嗅，唯有隔着大段的空落，轻轻呼吸，它才会幽然而至，芬芳至雅。否则，也许从此便惧了它的浓烈。

人不也如此，深究总多失望。

栀 zhī 子 zi

妇姑相唤浴蚕去，闲着中庭支子花。
——王建《雨过山村》

它绝对不会无缘无故甜腻
是谁叫它如此甜腻

洁白。我恐惧这个词
由于担心它变脏，我每天的负担很重
至于香，不说也罢
蒙蔽得还不够吗

也要抛弃关于“鸟”和“栖息”的描述
至于纯洁，能讨论出什么结果来
这个下午
统统用来捉蚜虫

合 hé 昏 hūn

合昏尚知时，鸳鸯不独宿。
——杜甫《佳人》

客栈的桃花剑高悬
逍遥谷待演身体的盛宴

第三者急欲出场
几个角色互递眼神：
“今晚先拿下那个朝三暮四的泄密者
再去点秋香！”

白天损神
夜晚损形
欢乐场粉雾缭绕
黑天暗地即为昏
即为欢

本草拾遗

合昏，即合欢，豆科，又名绒花树、夜合花。

合欢的青叶对生，对光和热都非常敏感，夕阳西下，一对对羽状复叶慢慢靠拢，在夜里紧贴依偎，次日早晨又渐渐分开。如此昼开夜合，交欢如一，十分神奇。

合欢盛开在七月炎夏，花散垂如丝，浓绿的树冠上晕出绯红一片，满枝轻柔的红云。微风一来，枝摇云动，片片红云似要乘风飞去。花影参差，形成轻柔舒畅的气氛，闻之令人心动，烦怒顿消。

相传虞舜南巡苍梧辛劳而死，他的妃子娥皇、女英遍寻湘江而不得。二妃终日恸哭，泪尽滴血，血尽而死，遂成为神。后来，人们发现她们的精灵与虞舜的精灵合二为一，变成了合欢树；她们的点点泪水滴在竹上，这竹就变成了湘妃竹。合欢树叶和花蕊两两相对，象征了她们“一世美好”的愿望，湘妃竹上的点点泪痕，却分明寄托了她们求之不得的哀思啊。

本草拾遗

蔷薇，在蔷薇科中与玫瑰、月季三足鼎立，并称嘉卉。

蔷薇可植于花架、绿廊、凉亭和墙垣，农人喜欢用野蔷薇作田头地界的标志。野蔷薇常见黄白两种，植株呈蔓状分布于溪畔、路旁及园边地角，密集丛生。微雨或朝露后，其花瓣或红晕湿透，或如白蝶歇息。

晨曦中，蔷薇多刺而纤柔的枝条扑喇喇地从栏杆的每一个空隙冒出来，特有的甜香幽幽地在空气中弥漫，扑向每一个路人的鼻翼。蔷薇本是山川野色，如今在市井间吐露芳华、怡人性情，满架蔷薇一街香。

蔷薇是一种个性极强的花，所以被人拿来比作男同性恋。也有一说，称这种比喻源于日本男同性恋杂志《蔷薇族》，如此甜香幽隐的味道，还真符合男性之恋的特质。

蔷 qiáng 薇 wēi

榆荚车前盖地皮，蔷薇蘸水笋穿篱。
——韩愈《题于宾客庄》

清场开始了
蜜蜂刚从蔷薇身上滚下来
一身花粉假说是误跌黄泥
惹玫瑰和月季嗤笑

倾轧开始了
典雅风干了典雅
三个同胞姐妹各自甩出王牌
妩媚加剧摧枯拉朽的速度
把宣判的法庭装饰得分外妖娆

栅栏外，到处是甜蜜的表情
一个穿彩条旗的小姐，把一个肥硕的男人抱住
其他小姐帮着把他拖入室内
这个大放血的春天
有什么不能视为生理需求
包括野生的蔷薇，家生的玫瑰与月季

本草拾遗

茼蒿，菊科，亦称蓬蒿。茼蒿含有特殊香味挥发油，有蒿之清气，菊之甘香，是野菜晋升为家菜的典型例证，在闽南常用作火锅菜肴。后来它还进入皇宫，成为宫廷佳肴，所以被安了个“皇帝菜”的名头。

茼蒿在闽台地区有“打某（妻子）菜”的别名，说的是妻子下厨炒了一大箩筐茼蒿，不想炒熟装到碗里，就只有一小碗。丈夫大怒，以为妻子先吃了茼蒿，伸手打了妻子，茼蒿遂有了这暴力的称谓。不过这故事也只可能出现在饥荒年代，真正的原因，显然是茼蒿不经煮，一煮就敛水收叶。

杜甫与茼蒿也有段渊源。一生颠沛流离的他，五十六岁到了湖北公安，当地人以茼蒿为原料，做了一道菜招待他。为纪念这位诗人，茼蒿又得名“杜甫菜”。

饥荒年代茼蒿是救命菜，即便后来进了皇宫，茼蒿也一直保留着乡野的涩气和野草的脾性。花开田间地头，一小畦或一小撮，不卑不亢，透亮坦荡，活得自足自在。

茼蒿
tóng hāo

仰天大笑出门去，我辈岂是蓬蒿人。
——李白《南陵别儿童入京》

当它带着小松鼠的气味
奋力投身于翻滚的火锅
在酱料里摸爬一阵后
人们的口腔开始变得和气而宽容
这样，它顺利地拿下一条长舌
和一排用钢丝矫形的牙齿

通过它，全城维持着古怪的味蕾
这是南方的要素，众多野菜得到高度重视
魑魅慢慢向善
模拟的
AA 制正在实行
要防止发涩，生疏
防止因为没有姓氏和门牌号
而叫错它的名字

本草拾遗

乌桕，大戟科，与油茶、油桐和核桃并称我国四大木本油料植物。其叶可制黑色染料，木材是雕刻良品。

《本草纲目》载：“乌桕，乌喜食其子，因以名之……或曰，其木老则根下黑烂成臼，故得此名。”此说前面尚可信，后面则禁不起考证。树木老朽后根部腐烂成洞，不具典型特征，难以据此命名。

乌桕每年要着三件衣裳：青衣、红妆和一身素缟。春夏它一身青绿；入秋叶色由绿变紫、变红，不逊丹枫；等到叶片落尽，冬天雪落了一身，看上去如琼枝玉树。乌桕与梧桐不同，梧桐多人为所栽，而乌桕多属化外之民，无教无类，自生自长。

据周作人说，“江枫渔火对愁眠”中的“江枫”指乌桕，理据是枫长于山不长于水。文人不是植物学家，认错了枫桕不奇怪，体味意象也不一定非得去追究实物。

不过我国红叶景区树种多为乌桕，这是不假的事实，所谓“庐山秋色红叶，乌桕几占多数”。乌桕的红不是枫树那种单调、寡淡的红，桕叶有红、黄、橙、紫等色系，明丽柔润，流光溢彩。

乌桕身处主流植物边缘，容易被文人漠视。偶尔能够带上一笔，多半是因为它披着灿若红云的外衣，还得被冠以枫树的名分。不过乌桕这种化外之物，想必也不会在乎此等虚名。

乌 wū 桕 jiù

落日啼乌桕，空林寄露生。
——张祜《江西道中作三首》

对于用途的追问
显然是吃力不讨好的事
昏厥也不是一回二回了
麻木者继续麻木
清醒的人依旧嗜睡
一阵轻烟后面，孩子在笑

我要了一根杵药棒
又要了一个童药工
我捣烂上面的霉斑
让耗尽的天良返回
或加剧羞耻之心的疼痛

本草拾遗

香樟，即樟树，古籍通作“章”，樟科。其木质上乘，木材致密、有香气，能耐腐、防虫，是家具、雕刻的良材。放在衣柜里的樟脑丸就是由樟树枝叶提炼制成的，夏天如果到户外活动，摘取樟树的叶片揉碎后涂抹于手脚，也能起到防蚊虫叮咬的效果。

香樟是南方植物，若长成参天古木，冠大荫浓如巨伞，能遮挡烈日，屏蔽寒风。秋天树叶五彩缤纷，青、红、黄交相辉映。从香樟树下经过，木香阵阵，清鼻洗心。

香樟是长寿树，广西的“汉樟”、江西的“隋樟”、安徽的“唐樟”、湖南的“宋樟”等都是当地古树之王。台湾也曾是樟脑王国，广植香樟。

“樟树”又为地名，今天的樟树市古名樟树镇，是江西四大古镇之一，著名的“南国药都”，自古中药行就有“药不到樟树不齐，药不过樟树不灵”的美誉。历时四千五百年的城邑，就像长寿的樟树一样，繁荣至今。

香 樟
xiāng zhāng

樟之盖兮麓下，云垂幄兮为帷。
——沈亚之《文祝延二阕》

怒潮吞不尽旭日
风光腥臊。发虚的人群头颅倒提
有一日没一日地走着
内心蓄满奇异的斗志
却有着落日的颓唐
把光斑洒得遍地都是

来到树下，大喝：“提着一命来抵一命！”
那么一个大好人，有大好前程
却只在树下摘树叶吹叶笛
看白孔雀瞬间开屏，与众人共惊呼一阵后
凑近树干嗅香度日

本草拾遗

银杏，即白果，银杏科，与杏（蔷薇科）是两种不同的植物。银杏是现存种子植物中最古老的孑遗，人称“活化石”。明代周文华的《汝南圃史》说“公种而孙食得”，故又名公孙树。

《本草纲目》说银杏因为叶似鸭脚，得名鸭脚树，一直到宋代被列为皇家贡品，才改称银杏。因其形似杏而核为白，所以又叫白果。

银杏体魄苍劲，叶形古雅，葱郁庄重，风骨清奇，寿命绵长。由于银杏雌雄异株，所以要异性两两相伴相守才能结果。在金灿灿的叶丛中，若隐若现的小白点，一个个白白胖胖的子实，就是它们终生厮守孕育的孩儿。

无论是名山大川，还是寺庙宫殿，古代存留下来的银杏随处可见。它们历尽沧桑，让人一见之下顿起敬畏之感。

因为银杏蕴涵佛性，佛教徒常用银杏木雕刻佛像。古代的方士还以其木刻制法符，传说能够招神祛鬼。所以佛寺道观都同植此树以示吉祥，并非单单只是崂山所云“逢庙必栽银杏树”。崂山庙观广植银杏，最早者植于汉代，晚者植于明清，其中千年以上者尚有八株，古老到成神，令人敬畏。

银杏树见证着朝代的更迭和岁月的沧桑，一直苍老到历史的背面。也许，恐龙还吃过它的嫩叶呢！

借骑银杏叶，横赐锦垂萄。
——元稹《奉和浙西大夫李德裕述梦四十韵大夫本题言…次本韵》

我要嚼碎白果，看看它有没有芽尖
我要剥出一颗坚硬苍老的化石
看看它有没有跳动的心脏

满地金黄的落叶翻腾
没有谁能赛过它的垂老
我加紧锻炼，跨腿，甩手，扭腰
在杏树之下显得如此微不足道

还说要把它的青枝扯向地面
我储备的热情
完全不足以被隔夜的露水
所消耗

本草拾遗

芭蕉，芭蕉科，原产于亚热带，是重要的庭园植物。

芭蕉和香蕉同属一科，外形相似。香蕉树形较为矮胖，芭蕉树较为瘦高。香蕉果实弯曲呈月牙状，果柄短；芭蕉果实呈圆缺状，果柄较长。

芭蕉叶可以用来写字。清代文人李渔就在《芭蕉》一文中写道："竹可镌诗，蕉可作字，皆文士近身之简牍。"

芭蕉听雨则是古代文人的雅事。李清照曾书"窗前谁种芭蕉树，阴满中庭。阴满中庭，叶叶心心，舒卷有余情"，其文辞郁悒愁闷，似对芭蕉有怨悱。

"雨打芭蕉"是一个延用千年的意象，想象雨落在宽大的芭蕉叶上，如一声叹息，雨滴滑过留下一行清泪，令人不堪凄恻。

梧桐和芭蕉，不但承载了细雨的滴落，更承载了数不尽的离愁别绪。可是，种了芭蕉，能怨芭蕉吗？

芭蕉

bā jiāo

升堂坐阶新雨足，芭蕉叶大支子肥。
——韩愈《山石》

在室内矫情，听雨打芭蕉淅沥沥
嫌绿肥红瘦太黏腻
看不见它的肺叶在撕裂
要去把它搬离雨声

所有这些怜悯都是可疑的
我有一堆灰烬等待打扫
此时我的脸红白相间
盘中的天鹅已被我吃掉一头
二胡已被我扯断两把
还有几块肥腻的抒情
要我去减肥

本草拾遗

楝，楝科，常见的为苦楝。因为楝籽极苦，据说吃了会变成哑巴，人们又叫它哑巴果树。有歇后语“黄楝树下拉小曲儿——苦中作乐”，讲的就是如楝籽般清苦的人生里那片刻的欢愉。

楝树身影秀丽，春季一到，满树丰美柔和的粉紫花簇，俞平伯先生称之为“花开花落似丁香”。舒展的枝干，轻盈的叶子，楝树天生便带有一种大家闺秀的风韵。楝树还含有农药活性物质，因此《本草纲目》说：“楝花，铺席下，杀蚤虱。”

夏天，楝树上挂满青果子，调皮的孩子或爬上去摘，或用竹竿敲打，或捡地上的石块往树上扔，或几个人抱着树干使劲摇，楝果就簌簌落下，砸在头上微微作疼。他们专门收集来的楝果，游戏的时候就能派上用场，比如弹在对方脑壳，让人痛得直咧嘴。

成熟时的楝果黄灿灿地高挂枝头，让孩子嘴馋，却空有眼福而无口福。它们是楝树特地留给雀儿的美味。不过，把楝果在茶缸里用温水泡软，冬天早上拿出几粒，去皮剔核，用中间的果肉在手上涂抹均匀，物质贫乏年代，这是上好的护肤品。

“苦楝”音同“苦恋”，在闽南语中音似“可怜”，因此人们不愿在自家庭院栽种楝树。如同许多薄命的红颜，苦楝在美丽的外表下，有着辛酸难言的命运。

楝
liàn

楝花开后风光好，梅子黄时雨意浓。
——佚名《全唐诗》

欢愉多么短暂啊
在枝梢的行乐多么及时啊
闷头的苦，布道者黑漆漆
恶浊在敲着匕首
逃跑的脚深浅无依
尘世的苦翻转着

如何在自身建一座避难所

第四章

变相的园林

其他植物

它们逃离于古诗词之外，

在自己的园林，

出落得野蛮而纯粹。

也许你会谈到品种背后的驯化，

「我不过是爱上它的名字」

——这一直是一个秘密。

且用它挽留，那些逃跑的香。

本草拾遗

鸢尾，鸢尾科，花朵如鸢似蝶，叶片似剑若带，是重要的庭园花卉，也常被植于水湿畦地、池边湖畔。鸢尾花有蓝、黄、白、紫各色，其名来源于希腊语，意思是彩虹。它表明天上彩虹的颜色尽可以在鸢尾的花朵中找到。然而最迷人的鸢尾为蓝紫色，其紫其蓝如一缕袅袅升腾的魂魄，最为神秘高贵。

鸢尾能被牢记，举大功者是梵高。他画的鸢尾，卷边的花瓣和撕裂的蓝，把鸢尾从植物世界里叫醒，让人不由自主为其灵魂而战栗，为画家的命运而迎风叹息。莫奈也在他的花园里种满了鸢尾，并有描摹鸢尾的名作行世。

在古埃及，鸢尾代表力量与雄辩；在希腊，鸢尾被种植在墓地，寄望人死之后，灵魂能随鸢鸟飞回天国。

鸢 yuān 尾 wěi

那张幽蓝的脸，它被宠坏了
嫉妒在不断加深，疑惑的险情越来越鲜明
大红大紫之后，接着是粉色的寂寞
听说它在燃烧的田野有过一次长醉
如今落向深不见底的民间

它多次跃上画面，使画家不得不分神
它纠正过田野的荒凉
在菜色人的脸上尖叫
它捏造的美，叫人焦渴
它紧张得要命
用鬼魅遮掩紧张

本草拾遗

接骨木，忍冬科接骨木属，常用作园林观赏植物或药材，揉碎有异味，可治手足折损等病症。接骨木竟有自己的属，是已经形成谱系的大家族，下有约二十种，因此不可随意轻慢。至于它因何又名“公道老”“马尿骚”，则有待考证。

在西方人的观念里，接骨木是灵魂的栖息之地，因此古德意志地区的异教徒奉之为圣树。这也为接骨木带来不幸，人们从此对它产生负面的联想：传说将接骨木树枝带回家的话，鬼魂和小人也会随之而来；焚烧接骨木也被视为不吉。

有意思的是，苏格兰人反其道而行之，他们习惯在五月一日前夕收集接骨木叶，将其挂在门上，以此来祛除厄运与坏事。

果真有一种接骨之木吗？如果接骨木骨折了，谁来为它接骨？题中之题，解也不解，不解也解。

接 jiē 骨 gǔ 木 mù

别指望在摇篮里一觉天亮，你不喜欢的石头并没有被推远
它重新碾过来，从宁静的湖畔带来一个消逝的 1990
孩子们跌倒了，露出鼻涕和红屁股
泪水涟涟的脸上，敷着一层碎木屑

一声沉闷的锻击声，而不是骨折声
转身交给它：亲爱的接骨木，你原本快要在原野泛黑
只不过依赖这首诗才得以活了下来
你不要不承认，依赖 16 年失效的偏方
你才好不容易找到药房
你去救救那个孩子

本草拾遗

断肠草，即葫蔓藤，马钱科，又名山砒霜，还有个让人浮想联翩的名字叫钩吻。其外形和金银花相近。

断肠草全株含剧毒钩吻碱，属中国古代九大毒药之一。传说日尝七十毒的神农氏，就是遇断肠草致命的。那日他吃下这开着小黄花的叶藤，就看见自己透明胸腔里的肠子已经断成一截一截的了。

其实，中断肠草毒者死亡前会有腹痛不止、肌肉无力、痉挛等极其痛苦的感觉，并非传说中神农“断肠而死”那般简单干脆。

《神雕侠侣》里杨过中了情花之毒后，用断肠草以毒攻毒。陆游迫于其母的压力与唐婉离婚时，唐婉以断肠草相赠，寓意“相思之苦”和“肝肠寸断”。它看似普通，却能杀人于无形，听来痛在心间，更像是一个隐喻。

断 duàn 肠 cháng 草 cǎo

更多的人在接吻，然后分手，坐闷罐子车
各回南北去呆坐
更多的人从水库兴冲冲游泳回来
只身投入自己的城市去发胖
生活昏暗，菜市场发亮

今日我有胃炎一盏，亲人若干
爱人一个，正疾走天涯

剧毒所走的路径简短而奏效
它有鲜艳的颜容，炉火纯青的技艺
向往崖顶致命的风光
所到之处，急火攻心，灰飞烟灭

风 fēng 信 xìn 子 zǐ

我日渐丧失记忆和描述的能力
生活缺少暗示，每日一次强迫症
不断把水仙塞进一只旧木箱又拿出来辨认

不能有感伤，更不能上升到难过
“思年华”是愚蠢的
石头上都盖起了旅馆
我不在浪尖上做梦了
我在旅馆里旋转脚尖
在隔壁房间做着遗忘的习题

联想在未来的车站，你拥抱我时
会有薄薄的悲凉
万念俱灰后，会有一阵万紫千红

本草拾遗

风信子，百合科，又名洋水仙。其花端庄，色彩绚丽，浓香扑鼻。风信子常在花坛连片种植，开起花来，呈现出一幅灿烂夺目流光溢彩的画面，视觉效果十分惊艳。

风信子原是希腊神话中一位英俊美男子的名字，他被太阳神阿波罗所爱。欧洲的荷兰，是风信子最主要的产区。欧洲人对风信子有一种特殊的感情，蓝色风信子是新娘捧花或饰花中不可或缺的花朵，象征新人的纯洁，人们祈望它能带来幸福。

风信子的花序挺拔而单穗独立，似心无旁骛，似孤注一掷，一味专注地绽放。它的鳞茎和水仙酷似，其闭月羞花之貌却迥异。

中国漳州水仙那种秀而不媚、冰肌玉骨、高雅清逸的风韵，与欧洲风信子流光溢彩、艳色纷呈、洒脱不羁的情调大异其趣，显示出东西方文化和审美的两个极致。

何首乌，蓼科，缠绕藤本，又名地精。其块根如乌黑的铁秤砣，闷头闷脑地交织在长长的藤蔓上，与“何首乌”三个字倒是气质相称。有的何首乌块根竟长成男女之状，样貌之奇令人拍案叫绝。

在鲁迅的百草园里，吃到人形何首乌飞升成仙是孩童的美好幻想，但何首乌确实可以延年，能使华发返乌。金庸《碧血剑》里说到的神药，有千年茯苓、人形何首乌、老山参、珍珠粉等，都是凤阳总督靠巧取豪夺据为己有的，在小说里被视为摄生防老之珍品。而宋代《本草衍义》却说：“何首乌，兼黑髭鬓，与萝卜相恶，令人髭鬓早白。”可见服用何首乌也是要讲方法的，和萝卜一起吃反而会适得其反，这真是相生乐成、相克反义的绝佳例证。

何首乌和皂荚树因为鲁迅的缘故，双双成为让人感到神秘的、具有强烈文学色彩的词汇，而不仅仅是一种植物。

唐文人李翱曾写过《何首乌录》，里面记载的何首乌原本是一个人的名字。后来李时珍根据这段史料的记载，把原来的“夜交藤”改名为“何首乌”。试想，如果它叫“夜交藤”，它还会不会在鲁迅的百草园里熠熠发光呢？

何 hé 首 shǒu 乌 wū

春日，似病非病，被三根白发困扰
常到药店打理几钱山药，骄傲又怕死
瘦。安静。冷僻。
以记忆药膳单上各色青草为乐事
把药膳藏到抽屉里
不为人知地嗅药香

嗨早安。嗨忧愁。
吃过首乌的人，是怎样的一个人
气虚还是血凉
必胜还是必败

把一根白发打了死结丢弃在床底的人
用排箫解闷的人，永无回头之日的人

三色堇，即猫脸花，堇菜科，是春夏布置花坛的重要花卉。

三色堇的色彩组合变幻莫测，三种颜色对称分布在五片花瓣上，构成两耳、两颊和一嘴的图案，或紫或蓝或酡红的微晕扩散，如人脸，如鬼脸，如猫脸，如京剧脸谱。它一脸坏笑，妖冶诡异，如盛着满盆满钵的咒语，在日光下蒸腾着神秘的欲望。自然造物，鬼斧神工，令人惊叹敬畏。

《名医别录》等中国医药古籍记载三色堇是护肤圣品，隋炀帝还曾让太医研究三色堇祛痘的方法。

心境若好，不妨把它的鬼脸，当作天使亲吻花朵时，容颜印在花瓣上的痕迹。放眼望去，花坛草地上小鬼当家，群猫嬉戏，不亦热闹乎。

花朵咬花朵。
隐隐作痛。作乐。
女。淫。猫脸。
互怜或互亵渎。难以说清姻缘

在枝头互致意，互弄红晕
在红尘，满不在乎地结籽
悻悻而落
朝夜俯下身

本草拾遗

昙花，仙人掌科，又名韦陀花，梵语音译“优昙钵花”，它的叶子已经退化成片茎。

昙花花期短促，只有三至四个小时。夏秋夜深人静时，昙花花苞慢慢翘起，绛紫的外衣缓缓打开，你可以看见花瓣和花蕊都在战栗，为这惊艳燃烧的一瞬，她等待了一生。

传说昙花原是花神，日日开花，四季灿烂。后来，她爱上了每日给她浇水除草的年轻人。玉帝大怒，罚昙花只得一年一现，令年轻人出家修炼，赐名韦陀，并令他尽忘前尘。花神知道韦陀每年要下山为佛祖采集朝露煎茶，所以她选择在凌晨把集聚了整整一年的精气绽放在那一瞬间，只希望韦陀能回头看她一眼，记起她来。千百年过去了，韦陀年年下山采集朝露，昙花年年默默绽放，韦陀却始终没有记起她，绝境中的她从未得到过一次安慰。

惊心动魄的绝美，昙花一现，也是缘起缘灭缘终尽，花开花落花归尘。

昙 tán 花 huā

短命的天才毁于美的坚持
它被击中的瞬间，花园遽暗，百花窃喜

秩序和规律的破坏者
当它盛装加入大夜的华宴
宿命已经守伏在它绸缎的皱褶里
它是一抹鬼魅，要在白昼来临之前
飞遁或消亡

它用否定白天
对世界构成伤害

本草拾遗

瓜叶菊，菊科，属南方花卉。其叶似瓜叶，花如雏菊，全株密被绒毛。瓜叶菊的花色多变，繁复绚丽，有蓝、紫、红、粉、白或镶色。

送亲友，最好莫过瓜叶菊，它代表着喜悦，愉快，合家欢乐。一盆在室，立即驱散了满屋暗淡，生活忽然就闪现出令人惊喜的光彩。如果将多种颜色的瓜叶菊布置于花坛，看上去繁花似锦如毯，就像一条通向美好的大道在眼前缓缓铺开。谁料娇艳的花朵也能造就如此磅礴的气势？

瓜叶菊的花期从初冬至夏初，横跨三季，在如此漫长的时间里开得绵延不绝。它的个子矮小，叶片宽大，茂盛舒展，一朵朵小花肩挨着肩，膀挤着膀，欣欣然聚在盆面上，热热闹闹快快乐乐。

只是美人怕冷，若是天寒，它则如深宫里罹患绝症又遭冷弃的妃子，即便开放，也是容颜憔悴，叫人心疼。

瓜 guā 叶 yè 菊 jú

在东边花圃买得一盆紫红瓜叶菊
在西边花圃买得一盆粉白瓜叶菊
像去年的红白杜鹃那样，我如法炮制
把它们安排住在同一大青瓷盆里
它们比肩而倚，同床异梦：肉已经在一起了
你还想怎样

本草拾遗

夜来香，学名夜香树，茄科。虽然紫茉莉、晚香玉也有夜来香的别称，但此名多指夜香树。

夜来香白昼贪睡，小喇叭状的花寸许长，淡淡的黄，自然闭合，像含苞待摘的油菜籽，胀鼓鼓的。待到黑夜，在枝杆梢头和叶片间，几十上百朵花串在一起，竞相绽放。花影婆娑摇曳，一阵清风徐徐吹来，那幽清空明的香气令人迷醉。不过此香不可久嗅，连蚊虫都对它敬而远之。薄暮醒来，小小的心尖，散发出万丈花香，这种危险的快乐，常扰人清梦。

邓丽君一曲《夜来香》，如夜莺啼唱，情思袅袅，如今却是“燕子楼空，佳人何在，空锁楼中燕”，歌和人都随着时间，渐去渐远。

夜 yè 来 lái 香 xiāng

他在香气的掩护下，走上桥梁
只有香气能够掩护这个越走越离谱的人

上帝怀揣怜悯前往救赎，在香气里猝然遭遇头痛病
他终于无能匡扶一个花下少年痴情的危机
少年本是香气的收集者和沐浴者
走失之前，人在一点一点地衰老，一点一点地矮化
使人受不了
香气使他受不了

本草拾遗

山毛榉，山毛榉科，别名水青冈，与榉树（榆科）异。山毛榉科山毛榉属约有十种，外形相似的假山毛榉属约有四十种，竟然有一个属就叫假山毛榉属，真是假得诚实。

山毛榉是阔叶树，树形高大，枝条开展，树干灰白光滑，秋季叶色金黄。冬天时赤裸着身躯，更可见其魁梧的风姿，尽显线条之美。拥有欧洲资本大亨气派的山毛榉，焕发着独立、年轻的气息，根基深扎又意气风发，不似有的大树，一旦坐稳了江山就老气横秋，开始倚老卖老，像一个极权者在颐指气使。

在欧洲平原上，只需一棵山毛榉，就会给人以自由自在、宽广富足的美感。在英国小说里，但凡需要风景渲染人物内心时，总会出现山毛榉这种具有阳刚野性的高大乔木。

别的树长大了，老了，树皮脱落，外表只剩下粗糙的木栓层。山毛榉就不同了，它长到两百多岁，树皮还是光滑的。这个特点，令它成为小情人们刻字表情意的最佳场所。看来山毛榉这铮铮铁汉，也能心怀柔情。

山毛榉

shān máo jǔ

在一片高冈上，我摸到山毛榉灼热的白树干
肉体的故事，随时都新鲜
这样，天空的高度算得了什么
我不快活时，常常要抱着它光滑的树干往下猛滑

病中人最喜它的浓稠树荫
可以闻到童年不能闻到的母鹿的乳香
早年失却的某种难以描述的母爱会重新回来

我常常对着它发呆
有十年我在林间以泪洗脸
就因为它经常拿腐烂吓唬我
其实，它与九湖一直是并肩生长的

本草拾遗

桔梗，桔梗科，是著名药材，药用部分为桔梗的干燥根。其花朵多为单瓣，亦有重瓣和半重瓣，花姿静雅，被誉为“花中处士”。

桔梗花含苞时形如僧帽，开花后状似铃铛，故又名“僧冠帽”。《本草纲目》说“此草之根结实而梗直”，因此才被命名为桔梗。

桔梗是山野自生的闲花野草中惹人注目的大花种，其叶如人参。清代《花镜》中形容桔梗“开花青紫色，有似牵牛”，其实，它的优雅风骨岂是牵牛能比！

朝鲜族把桔梗花的嫩叶用作蔬菜食用，叫“道拉基”，朝鲜族著名的《桔梗谣》唱的就是它。日本作家三岛由纪夫的小说《繁花盛开的森林》也写到桔梗：“在秋雾飘荡中，依稀可见远方有许多桔梗花，这些花儿如同一张薄棉被般，在秋雾中绽放着寂寞。”

桔 jié 梗 gěng

中药铺关门了。
它一路辗转到中药铺
需要几千醉，几万苦

中药铺关门了
园林也关门了
它没有了身份
它只有自己的一套祖传病理学

问题是，它的惊艳会整死病人的
没有谁敢收留它

本草拾遗

忍冬，即金银花，忍冬科。属于缠绕藤木，其花蕾和藤叶可入药，盛夏以其沏茶，清热解毒，开胃宽中。诸葛亮七擒孟获的过程中，蜀军将士水土不服，祛除山岚瘴气时吃的就是金银花，《神农本草经》列之为上品。

金银花花蕾修长，顶端微微向周围散开，似羞涩的纤纤少女；花色奇特，初开时洁白似银，两三天后就变为金黄。它的花前开后继，新开的白花和已开的黄花互相映衬，银白相间，颇堪玩味，这也是“金银花”这个名字的由来。

牵藤挂蔓，金银花可以铺展数十米，最适合植于庭院篱垣和栅架长廊间，满架绿藤，满院花香。

秋末，金银花老叶枯落，但叶腋间已经萌生新绿，凌冬不凋，故名“忍冬”。这个名字显示出金银花隐忍克制、低调内敛的一面。

国内有著名的“忍冬花诗丛”，出版了多部知名诗集，大概也是取其“隐忍多年，蓄势一发”之意，寓意良深。

忍冬

rěn dōng

忍冬花几天来像是有所等待
顶端的三片叶子伸出栏杆外东嗅嗅西闻闻
我怕是圈不住它的心思了

这样的发现果然无济于事
它使用攀缘手段沿着铁丝线一路逃亡

我说过可以送它去它愿意去的任何地方
它哪里肯相信。也真是
说过之后我就全忘了
看它也顾自活着
哪曾料想它在内部起义
并且已经找到去处

事情到了无可挽回的地步
它也装作醉态朦胧
左一个借口，右一个托词
两只眼睛却越来越有神采
茂密的枝叶间冲突着众多粉嫩的小芽
哇哇乱叫等着被率领
我大吃一惊
退入房间，蒙头装睡

本草拾遗

覆盆子，蔷薇科，东北方言叫“托盆儿”。它的野生果实，表面有腊油，采摘后就会落得满手果油。中医里覆盆子被用于补肾壮阳，古人称之为“金玉之品”。

覆盆子长在山坡、林边的灌木丛里，广见于江浙、福建等地。闽地称之为“蛇莓”，因为其成熟的季节正是蛇出洞的时候，小孩子们听后多有畏惧不敢食之。但鲁迅说“如果不怕刺，还可以摘到覆盆子，像小珊瑚珠攒成的小球，又酸又甜，色味都比桑葚要好得远”，想必它的色味又勾起孩子们浓浓的兴味。

在鲁迅的百草园里，覆盆子神秘地覆盖着园子里那些小虫豸。它名字的由来，许是果实的形状像个翻过来的小盆儿吧？

覆盆子形如樱桃般大小，中凸如帽，玲珑可爱。它的果实颜色不是桑葚的紫黑，而是红中间糅了点黄，看上去柔和清新；味道是甜中稍带一丝几乎无法觉察的酸，还有小籽轻微的苦涩，合起来就是别具一格的覆盆子味了。

幸福人生的滋味亦是如此：不能够太甜，太甜容易使人沉沦；酸要适度，适度才值得回味；还要有少许苦涩，酸甜才因此显得甘醇。

覆盆子

fù pén zǐ

劳损的人，背驼，腿细，脸浮肿
在九湖园巧遇国中药
主诉：需补肾固精，以减少梦遗

这陈旧的男人，一路微喘
从毡帽下取出一朵芍药，两只蛤蟆
他的戏法我曾见识过
这么一个劳倦风虚的人
多年来在古城墙脚转悠
痰中常有沙砾
眼中常有蛇影
水杯里落满弓箭
一生厮混于江湖
像我的穷亲戚老冉
不愿承认身上贫病交加
死不承认需要这味药引

本草拾遗

马蹄莲，天南星科，叶片翠绿，叶梗修长，花苞片洁白硕大，形如马蹄。马蹄莲最早生活在非洲南部的河流旁或沼泽地中，因其花叶双绝，为全世界的人所喜爱，所以移植栽培，成为如今最常见的切花花卉之一。

马蹄莲的花苞中心鲜黄色的肉质柱状物是花序，整个花序与花苞的形状颇似观世音菩萨端坐在圣洁的莲座上，所以它又叫观音莲。马蹄莲羞闭欲开的姿态有女性的矜持之美。

白梗马蹄莲、红梗马蹄莲和青梗马蹄莲是最常栽培的品种。这幽谷静姝，气质高雅，超凡脱俗，身材的弧度使人迷醉。殊不知，美人却是有毒的：远观即可，食则危矣。

夜夜马蹄嗒嗒，谁人能知，她去了哪家？

马 mǎ 蹄 tí 莲 lián

烟尘刚刚压下去。送神还是送人
如果是神，福禄神还是瘟神

蹄声太疾，辨不明去向
林子虽深，松冈短
日落前，盗贼必不出没
而是安于妻儿的呼来唤去
梦里也有一匹白马在升腾

他只在众人混沌间
用宝剑换白莲
把皮靴上的泥迹擦干净
翻身上马，消失于烟尘

本草拾遗

薄荷，唇形科，含芳香油，茎叶可提取薄荷油、薄荷脑。薄荷繁蘖能力强，越采摘越长得茂盛。它的主产地是美国，最好的薄荷却产自英国。薄荷特有的清凉芳香，能用来掩饰和改善具有异味或难以吞服的药物带来的不适感。《本草新编》说“薄荷不单善解风邪，尤善解忧郁”，那股清凉迷人的芬芳，从每一个毛孔渗进肌肤，能够提神醒脑，避免情绪陷入困顿。

罗马人与希腊人都喜欢薄荷的味道，节庆时，他们把薄荷织成花环佩戴在身上，或以薄荷叶作为浸浴之用。埃及人则有把一包包薄荷与大茴香、小茴香充当赋税的做法。

薄荷是气味的传奇，也是味觉的奇迹。它能熄灭人内心的愤怒和恐惧，安抚疲惫的心灵和沮丧的情绪。

薄荷的一生，是理智的一生。

冰凉制止了混乱的热情
提神醒脑后，他的脸色红润
口气清新宜人
卫生又礼貌
像一个干净的人
口齿清晰，表达流畅
不急不缓，温良谦恭
让许多人倾倒于他的吐气如兰
多么重要啊
这倒吸的一口冷气
这呼出的不再是口臭

本草拾遗

白兰，木兰科含笑属，又名缅桂，闽地习惯叫白玉兰。其实白兰与白玉兰（木兰科木兰属）是两种植物，白玉兰先花后叶，白兰先叶后花。

白兰叶片清翠碧绿，花朵娇小玲珑，舒服的象牙白，是真正的“洁”，而不是耀眼或单调的“白”，一朵朵幽香芬芳，不可亵玩。

白兰是南方园林和行道树的骨干树种，在北方则多作盆栽。新鲜的白兰花常被用于簪佩装饰，乡妇别一圈白兰花骨朵在圆形发髻上——或许还有菊花和含笑，走在路上，就如头顶着一座小小的花园。

江南初夏，满大街是挎着小篮子的卖花老妇，她们用一个黑色的发卡拢起花白的头发，用吴侬软语叫卖着：“白兰花要？卖白兰花……”

白兰花虽貌不惊人却素雅清香，永远不会很流行，却永远会有人倾心。就像一些书或人，处当处之所，适自适之人，足矣。

白 bái 兰 lán

“胜利东路和胜利西路的两排白兰树……”
这是叙事的开始，且结束于开始

“胜利东路和胜利西路的两排白兰树……”
到这里你一定认为所有的花都落光了

“胜利东路和胜利西路的两排白兰树……”
再这样说的时候，很多人就烦了
不管白兰树有多么洁白的身体和一颗银子般的心

但我要说的是
胜利东路和胜利西路的两排白兰树……
昨天夜里，胜利东路和胜利西路两排白兰树
全被砍伐了
花瓣砸在正街上，声息全无，声息全无啊

铃兰

钟磬在上，我是哑的
只用来装饰声音的外形
我有一只木耳
只用来表示对乐器和器乐的尊重

你手中的笛子，是我失败的上半生
现在我对呜咽凄恻之音厌倦了
我拨开握着我的脚踵的手
没有惜别的心得
现在我不说谎，也不听谎
我渴望长命百岁
我多么高兴拥有一只消声器

本草拾遗

铃兰，百合科，属北方花卉，生于深山幽谷及林缘草丛，有“谷中百合”之称。

铃兰是名贵的香料植物，也是多个国家的国花。在法国的婚礼上常常可以看到铃兰，用以表示对新人的祝福，大概因为花形让人联想到幸福的小铃铛吧。在英国，铃兰还有“女人的眼泪”和“天堂之梯”的称谓。

铃兰株形小巧，清丽优雅，从一对深绿色椭圆形的叶子上伸出弯曲优雅的花梗，上面悬垂着一串洁白的小铃铛，玲珑可爱，精雅绝伦。它的香味幽静，若有若无，怀着温婉的浪漫情怀，在夜风中似乎可以捕捉到那轻如微风的叹息。俄罗斯诗人叶赛宁曾写过：“我踏着初雪信步前行，心潮迸涌如初绽的铃兰。”

铃兰生长在深谷，与幽兰相伴，藏于深山却不以无人欣赏而自弃，正是“君当如兰，幽谷长风，宁静致远”。

本草拾遗

羽衣甘蓝，十字花科，又名叶牡丹，是食用甘蓝（包心菜）的园艺变种，花期有四五个月之长。羽衣甘蓝原产自希腊，国内的公园、街头和花坛，现在也常见用羽衣甘蓝镶边和组成各种美丽的图案。

羽衣甘蓝不仅被用作观赏植物，因其颜色鲜丽，在欧美国家还被用来配上各色蔬菜制成色拉。

它的名字美得像公主，外形优雅似孔雀羽毛。其叶缘有比珊瑚更细小的深裂缺口，叶色丰富多变，叶形也各呈其状，叶缘有紫红、绿、红、粉等色，叶面有淡黄、翠绿等色。它的基生叶旋叠，形如牡丹，五彩斑斓，看上去明媚至极，十分养眼。

在五彩缤纷的舞台上不停地旋转着，它过完极尽绚烂的一生。那高贵豪华的衣饰，那迷人至极的色彩，都令人惊叹自然造化对它的宠幸，已经到了无以复加的地步。

羽 yǔ 衣 yī 甘 gān 蓝 lán

仿菜蔬青翠
用霓裳加身，以绫罗卷心
在黄花地里
一层一层穷尽碧云天

春已病。每天添一小匙忧愁
散步三二里，去暮年深处探听晚境
心脏搁着几只
愚笨的企鹅

本草拾遗

连翘，木樨科，又名黄绶带、黄金条、莲翘、落翘，古称旱地莲，香港俗称一串金。连翘的“翘”，指的是果实，成熟的果实一掉到地上就开裂，样子像鸟儿的翘尾巴。它进入花期后繁花满枝，金碧辉煌，可植于庭院，或用作花篱和护坡树种，观赏之余还可采集果实入药。入药连翘为干燥果实，果实初熟尚带青绿时称“青翘”，果实熟透颜色发黄时称“老翘”，其药用功效各不相同。

连翘与迎春十分相似，虽然它们都是木樨科，但连翘是连翘属，迎春却是茉莉属。终究是赏花人懒惰，远远地望见一片金黄盖枝，就张冠李戴，自以为喜。最简单的区分方法是观察两者花瓣的数量，迎春花有六片花瓣，而连翘只有四片花瓣。

正如有一种植物叫假山毛榉一样，马鞭草科也有一种植物叫假连翘，堂而皇之地拥有自己的属，简直可以说假得无赖，当然，也可以说它假得坦荡，假得真实。

连翘

lián qiáo

黄花遍地。
麻木和惊惧大于试验
潮水把脸皮浸湿和揭开
金黄的唱针不断旋转着，磨损着
忧愁熬出一粒乌黑的药丸

菠 bō 萝 luó 蜜 mì

它把牛胃涂在树干吓唬人
变形的蜂窝藏着十二只工蜂的谜语
般若波罗蜜，般若波罗蜜
波罗蜜般若，波罗蜜般若

青舌伸进密集的树叶
“来品尝怪味吧，来鉴赏丑陋吧”
你把怪胎悄悄移位
不知道手上的黏液招惹了蚁虫

有一些逐臭之徒正带着异香前来
快用解毒的咒语把它们统统震落在地吧
金刚般若波罗蜜，波罗蜜金刚般若
波罗蜜金刚般若，金刚般若波罗蜜

波罗蜜，桑科，又名树菠萝、木菠萝。隋唐时从印度传入中国，被称为“频那挲”（梵语），宋代才改称“波罗蜜”，并沿用至今。

波罗蜜树大根长，老树长在路边的根茎甚至可以横跨马路，延至对街那边，并且根茎时常突出地面，可以给路人当长凳坐。

波罗蜜是果实大王，有冬瓜大小，形如蜂窝牛肚，皮似锯齿。剥波罗蜜是一件很麻烦的事，因为果实的黏性很强，刀子常会粘在里面拔不动。剥去那层既糙且厚、坎坷不平的刺皮，里面是层层叠叠的黄色肉包。肉质柔软肥厚，吃起来香甜浓郁，就像浇上了一层新酿的蜂蜜在上面。

波罗蜜的浓香可以算得上一绝，吃后不仅齿颊留香，连手上的香味都洗之不尽，余香久久不退，为此它又雅号“齿留香”。

在佛教经典里，波罗蜜的原意是“到彼岸”。也不知为何宋人会拿它来称呼水果，莫非吃了它就能开悟？

本草拾遗

穿心莲，爵床科，别名甚多，如一见喜、斩蛇剑、苦胆草、春莲秋柳等，生于湿热的平原、丘陵地区，主要产于广东、福建。

中药房里，穿心莲是第一号消炎药，可以用于一切热毒之症，治疗毒蛇咬伤效果尤为显著。穿心莲开紫白色的小花，与黄连一样，味苦。中医五行学说认为苦入心，只要你含一小枚穿心莲的叶子，马上可以感受到，那刻骨铭心的苦像是直入心中，故得名“穿心莲”。不过，这种连虫子都避之唯恐不及的植物，其嫩芽却可凉拌，用于食疗。

穿心莲长得那般秀气，却有个如此钻心疼痛的名字，听起来就令人肝肠寸断。只是很纳闷，既然是穿心之莲，又为什么一见能喜？

穿 chuān 心 xīn 莲 lián

透过弹孔
我看见你那张被缩小的脸
你的眼睛眯成一条缝——
你一直在瞄准吗？
“穿过一次就足够了。”你前生的脸，我今世的心

当穿心变成技术和常识
伤心不过形成某种恒常的局面
我偶尔会痛
你偶尔会抖动
晨风阵阵，心如马蹄铁

选择题都做完了
剩下一道必答题
问：“如何使她持续这样的安详？”

天 tiān 堂 táng 鸟 niǎo

十一月的一天，我们在九湖一个凹形坡下看见一园的天堂鸟
我指着它对我身边的男青年说："你看，
那叶子枯涩，花却有着绝望之美。"

当是时，我们的心里都装着一对随时可以飞越南北的翅膀
我们自觉已经在天堂了，对于"绝望之美"并不揪心
我甚至还调皮地挤着眼睛和它絮叨："你为什么不待在天上，
要在这乱糟糟的地方呢？"
这些场景成为日后支撑我的唯一向往
依赖这样的回忆，我度过新年大部分晦暗的日子

记得后来在一片草地上，我靠在那个肌腱饱满的男青年身上，说：
"我们离天堂真的就这么近吗？"
我是说，我开始感觉到是否过于幸福了
我听见他说："我们已经在天堂了。"

关于天堂在后来给予那一场幻想的教训
即便在当时，也仍然具备足够的诗意
所有的未知的新痛，都是日后的清算
相对于地狱的牛鬼蛇神
天堂的纵火犯可能同时也是一个不错的诗人

本草拾遗

天堂鸟，即鹤望兰，旅人蕉科，又名极乐鸟花，是典型的鸟媒植物。在非洲南部的好望角——这也是其原产地，为天堂鸟传粉的是体重仅两克的蜂鸟；移植到别的地方之后，须人工辅助授粉，才能结种子。

天堂鸟是世界著名的观赏花卉，非洲人把它视为“自由、吉祥、幸福”的象征。橙黄的花萼，深蓝的花瓣，洁白的柱头，紫红的总苞，这是一场完美的色彩奇遇。美艳绝伦、呼之欲出的仙鹤挺拔俊俏，独栖高枝，翘首遥望，动感十足。这形神都活灵活现的姿态，是不可言喻的天工造化。

天堂鸟是从天堂飞来的吗？还是终究要从人间飞回天堂，才能恢复它的超凡脱俗？如此望眼欲穿，到底等待的是怎样的佳人才俊？美与囚禁，热烈与挣扎，在这一名一实间彰显无遗。

麦 mài 冬 dōng

热辣辣的中午
麦冬在阶前吐着青舌
这样的困顿持续很久了
并没有什么坏处

我控制着不去散步（散步加剧忧伤）
我还控制着不在麦冬蓬松的乱发里放虱子
要阴凉，也要干净

这时，它的身上滚过一大块阴影
它的头顶刚刚砸下一个大杧果
我相信麦冬垂落地面的无力，不是它所愿意的
它的卑怯，它的挣扎
它全盘的努力皆输

而它义无反顾地
要全力以赴地
接着活下去

本草拾遗

麦冬，百合科，又名麦门冬、书带草、沿阶草。麦冬是重要的药材，服之可养阴生津，润肺清心；也常被植于庭院阶沿，是极佳的饰边和地被草本植物。

麦冬根的顶端或中部膨大成纺锤状的肉质小块，形状像个小铃铛，入口微甜；叶形如韭菜，终年保持绿色，看上去清秀幽雅，朴质无华；果为浆果，圆球形，成熟后呈深绿色或蓝色，粒粒似绿宝石、蓝宝石。

富贵牡丹，清雅白兰，然而最常见的还是麦冬一样的众生。世间多数人不得富贵，更难得几时清闲，但若能似麦冬这样简单快乐，倒也不失为人间乐事。

桃金娘，桃金娘科，又名山稔。因为果实黑紫，状如乳头，闽南人叫它多乳（“乳”读若“尼”），轻声呼出，听起来亲昵有爱。在粤、闽、滇、琼等省份，桃金娘长得满山遍野。

关于桃金娘名字的由来，有个传说：战乱年代，百姓为躲避战火逃到山林里去，饥饿难熬时发现一种甜美的果子，用它来果腹，才得以保住性命。为纪念这段经历，人们便称这种果子为“逃军粮”，后来以讹传讹变成了“桃金娘”。

苏轼《东坡杂记》也有关于桃金娘的记载：“吾谪居海南，以五月出陆至藤州，自藤至儋，野花夹道，如芍药而小，红鲜可爱，朴蔌丛生，土人云倒捻子花也。至儋则已结子如马乳，烂紫可食，殊甘美，中有细核，并嚼之，瑟瑟有声。”桃金娘浆果由鲜红变成紫黑之后，甜美可食，吃过满唇染紫，也难怪东坡如此难以忘怀。

虽然味道甜美，市面上却少见有桃金娘果出售。也许是其多籽的缘故，也有可能是这种有着农家妇人名字的野果，还够不上水果的要求，无法登上“大雅之堂”。它只能在物质贫乏的年代，为贫寒的农村孩子增添一点童年生活的野趣。

桃金娘
táo jīn niáng

妇人，你在山坡寡居太久了
没看见坡下尘浪奔腾吗
如此等下去，什么时候才等到你那双儿女啊
我的食指和中指按住一颗悬浮的心
不能理解她在这几十年里的自足
她是那样的平静
年年稳住神情
自己为自己掀起的一阵小小的粉红的喧哗
无人看见
原野啊，赐给我一次机会
如果有一天生活叫我惊惶
我可以去她的怀里
吸吮流淌的紫黑的汁液
做一回她失散又归来的儿女

本草拾遗

藿香蓟，菊科，与藿香（唇形科）异。其植株有一种特别的味道，闽南俗称臭草。有人说它臭，有人则认为香，以前是路旁常见的野草，不过现在已经是园林培植品种。

藿香蓟主要有蓝色、白色和堇紫色三种色系，花小，头状花序密生枝顶，从初夏到晚秋，花开不绝。

藿香蓟株丛繁茂，团团簇簇，常被用来配置花坛或做地被植物，也可用来装点庭院、道路。更多时候，藿香蓟只是寂寂无名的野草，人们对它早已熟视无睹，没有谁会问起它姓甚名谁。在山间林下，它是一大片被世界抛弃的荒芜。

藿香蓟

huò xiāng jì

陆陆续续的，马甲脱光了
只剩下猩红的皮肤
一天给皮囊换一次谜面
整肃颜容
究竟意难平

撤下一个谜底，再撤下一个谜底
大地真正地落寞了
略微潮湿，有一点变形
小红花缀得满头都是

本草拾遗

酢浆草，豆科，掌状复叶共三片，呈倒心形，类似三叶草，很多人把二者混为一谈。它野生于路边草丛或房前屋后，长势强健，种子随风传播，叶子有微酸的味道，可用来做色拉调味酱。

一般酢浆草只有三片叶子，偶尔会基因突变多长出来一片，这种四叶酢浆草被视为“幸运草”。找到四叶酢浆草就能为自己带来幸运，这个传说在很多国家都存在。早期的凯尔特人甚至还认为白色酢浆草可以用来对抗恶魔。

酢浆草几乎全年开花，以红、黄两色常见，每朵小花只有一天的寿命。如果碰上阴雨天气，它的花就含苞待放，一直等到天气晴朗才肯绽开。此外，酢浆草还会睡觉，一到晚上就把叶片合起来，直到第二天早上再打开。

假若你轻轻碰一下即将成熟的酢浆草蒴果，可以看到蒴果炸开，红色的细小种子四处飞溅。它们看上去如此迫不及待，就像大多数走出家门的孩子，一味地向往天涯海角，浑不知有一天会迷失回家的路。

酢 cù 浆 jiāng 草 cǎo

它是那变相的园林
含着的小骗局
充分享受着小恩惠
五棱的蒴果哔剥作响

终于
吃人的嘴短，它拒绝承认来过繁华的人间
努力做一个忍气吞声的小角儿

本草拾遗

薰衣草，唇形科。富含芳香油，被誉为“宁静的香水植物”“香草之后”。其宜人清香能宁神镇静，安抚情绪。

在古罗马时代，罗马人用薰衣草沐浴。在黑死病肆虐的时代，法国香水之都格拉斯城制作手套的工人，因为常以薰衣草油浸泡皮革，许多人逃过鼠疫的侵袭。这个传说也许是真的，因为鼠疫病菌经由跳蚤传播，而薰衣草可以驱除跳蚤。

这种生于法国南部小镇普罗旺斯的花，一直是浪漫情怀的象征。与其说薰衣草开在田野，不如说是开在爱情里。被传说覆盖的薰衣草，装点着太多浪漫的故事。

在由聚斯金德的小说改编的电影《香水》里，格拉斯城蔓延到天际的薰衣草田，仅仅只是看上一眼，就不知会有多少人迷失其中。

薰衣草

xūn yī cǎo

今晚，你可以把薰笼罩上
紧紧埋藏在我心脏的房间
也可以掀开一个小缝
在鼹鼠与钻山豹的嗅觉里
与它们私奔

今晚我醉眼看花
借来一锭白银当枕头
今夜我建了一座薰衣蒸笼
熏一熏吧，然后才出门去见人
这样毛病会少一些，烟尘会少一些
身体光鲜一些
服饰上的兽味会少一些

本草拾遗

蒲公英，菊科，又名黄花地丁，属风媒植物。花开过后，种子上的白色冠毛结为一个个绒球，绒球里的种子成熟后，就随风飘散到新的地方安家落户。农人一般将它当杂草除去。

蒲公英生命力顽强，落在任何地方，都能迅速繁衍。它曾经是野菜，《唐本草》就有“蒲公英，叶似苦苣，花黄，断有白汁，人皆啖之”的记载。

蒲公英没有归属感，把握不住生命的方向，只能随风流浪，游走的方向完全由风来决定。一生在风中颠沛流离，难以尘埃落定，这就是蒲公英的宿命，而非它生来不安分。也许，它会挂在树梢房檐；也许，它会随波逐流。最终，谁也无法确定它将飘到哪座命运的山冈。这是一个喜新厌旧的世界，没有人指引方向，纵然它有千般豪情，又怎敌得过风的力量？

蒲 pú 公 gōng 英 yīng

消亡，从重要的一人叫起
一号。二号。三号……
轮到我，我已作好准备

但我的号数并不按顺序被叫起
它们把我轻轻一吹弹
我飞离了叫唤
注销。在别处新生

我归于岑寂，听听别人怎么说：
那一路良辰美景，杀不能杀
禁锢不能禁锢

我要水底的花园，花园里的迷魂香
我要呼应消亡的招引
把错误引向花篮

后记

如果说第二版的出现让我有意外之喜，那么第三版则似乎觉察将水到渠成。因为这几年，我收到太多读者对拙作的殷殷期待——他们很早就买不到书了！他们一直在探问中，在等候中。而网上的复印本早已满天飞，珍稀的正版飙至四百元一本，如果千呼万唤再不出来，每次收到读者的留言，都有欠读者一本书的憾疚。不过，这也得能够遇到一个好东家。在我这里，全世界最好的出版公司，当是新经典。他们的识见让我折服，三次再版，不是简单地重印，每一版几乎颠覆上一版，这要是没有一双超常的慧眼，没有对拙作的真爱，怎么可能如此“慎重”而“任性”？

没想到一本书带给人们这么多阅读惊奇。有时候我在想，我似乎低估了这本书的能量。啊不，我低估了大自然的能量！人类越走越快，越走越远，快要看不见山冈，看不见森林和树木。所以，当人们在干涸的生活里发现一片绿意，像是对生命的一次滋润，一次给氧。至于我，不过是一个善意的提醒者，提醒人们在今天高科技智能时代，记得慢下来喘口气歇一歇，和土地上的草木多待一会儿。

此版增写了十种植物，总数成了一百一十种，这是体量上的变化。我也再次修订几处纰漏，以便让它看起来更完善。特别想看到它即将出现的样子，它会是什么模样？真的有一种好奇的张望，像一名热切的读者那样。

再次致谢诗人、博物学者莫非的倾力支持，增补的图片全部来自他神一样的摄影之手。感谢新经典“好读文化”这次对拙作的重新发现与用心编辑，终于成全读者的寄望。这也是我的好运气。愿不负你，不负自然给我的美意。

2018 年 1 月 29 日

说明

种类说明：

所选种类纯粹依照个人直观感受和喜好择定。有意避开生僻的品种，比如《诗经》共出现植物一百三十五种，只选四十七种来写，只因有的认识，有的不认识，有的熟悉，有的缺乏感觉。

结构说明：

本书共写作《诗经》植物四十七种，《楚辞》植物十种，唐诗植物二十五种，其他植物二十八种。

凡出自《诗经》、《楚辞》、唐诗的植物，每首诗前面均附有相关诗句的引文及出处。一百一十种植物均附有本草拾遗，以助了解和阅读。

拾遗说明：

除植物学意义上少量的知识外，多为对中国古代文献和普通百姓熟知的各种传闻习俗的拾掇和衍生，是个人视野和感知的主观印象记，大多是些野史杂说和谐趣谬想，取材随性散漫，不考证、不析疑，意在让这些草木的性灵活在一个人的经验和想象世界里。

图片说明：

附图是本书的重要组成部分，没有图片，那些简短的诗句将干瘪而黯然失色，若诗篇富丽鲜活，那是因为有图片的映照。即在抽象的诗歌上面，把具象的图片直植于读者的眼里，达到阅读的方便和视觉上的愉悦，图诗互承，互为完善，并最大限度地体现诗歌的丰富和饱满。

图片提供：

诗人、植物学家、摄影家莫非提供蒹葭、荇菜、薇、桃、木瓜、韭、梧桐、漆、樗、棘、飞蓬、蓼蓝、桦木、柳、旋覆花、松、柏、茅、菟丝子、木槿、蒿、莠、甘棠、朴、枸杞、芍药、菽、荷、郁、苓、梓、麻、荪、荠、菊、杜若、木兰、蒺藜、女贞、菩提、苜蓿、槐、茱萸、紫薇、荻、琼花、石榴、苔、蔷薇、银杏、鸢尾、接骨木、风信子、何首乌、桔梗、忍冬、覆盆子、马蹄莲、薄荷、铃兰、连翘、藿香蓟、酢浆草、蒲公英等64种植物的图片。其余为作者摄。

图书在版编目（CIP）数据

草木有情且美 / 子梵梅著．-- 海口：南海出版公司，2018.8

ISBN 978-7-5442-9305-1

Ⅰ．①草… Ⅱ．①子… Ⅲ．①诗集－中国－当代 Ⅳ．①I227

中国版本图书馆 CIP 数据核字（2018）第 098964 号

草木有情且美

子梵梅 著

出　　版　南海出版公司　（0898）66568511
　　　　　海口市海秀中路 51 号星华大厦五楼　　邮编 570206
发　　行　新经典发行有限公司
　　　　　电话（010）68423599　　邮箱 editor@readinglife.com
经　　销　新华书店

责任编辑　李玉珍
装帧设计　所以设计馆
内文制作　杨兴艳

印　　刷　天津市银博印刷集团有限公司
开　　本　880 毫米 ×1230 毫米　1/32
印　　张　10.25
字　　数　190 千
版　　次　2018 年 8 月第 1 版
印　　次　2018 年 8 月第 1 次印刷
书　　号　ISBN 978-7-5442-9305-1
定　　价　59.80 元